हिन्द पॉकेट बुक्स

उर्दू की श्रेष्ठ कहानियां

प्रकाश पंडित को विश्व के प्रख्यात संपादकों में गौरवशाली स्थान प्राप्त है। उन्होंने 1960 के दशक में पहली बार नागरी लिपि में उर्दू की चुनी हुई शायरी के संकलन प्रकाशित कर हिन्दी पाठकों को उर्दू शायरी का लुत्फ़ उठाने का अवसर प्रदान किया। हिन्दी एवं उर्दू के सुप्रसिद्ध संपादक प्रकाश पंडित ने शायरी की हरेक पुस्तक में शायर के संपूर्ण लेखन में से बेहतरीन शायरी का चयन किया है और पाठकों की सुविधा के लिए कठिन शब्दों के अर्थ भी दिए हैं। प्रकाश पंडित ने हर शायर के जीवन और लेखन पर - जिनमें से कुछ समकालीन शायर उनके परिचित भी थे - रोचक और चुटीली भूमिकाएं लिखी हैं। उन्होंने अनेक उर्दू कहानियों का हिन्दी रूपांतरण भी किया है।

उर्दू की श्रेष्ठ कहानियां

अनुवादक

प्रकाश पंडित

हिन्द पॉकेट बुक्स
पेंगुइन रैंडम हाउस इम्प्रिंट

हिन्द पॉकेट बुक्स

यूएसए। कनाडा। यूके। आयरलैंड। ऑस्ट्रेलिया। सिंगापुर
न्यू ज़ीलैंड। भारत। दक्षिण अफ्रीका। चीन

हिन्द पॉकेट बुक्स, पेंगुइन रैंडम हाउस ग्रुप ऑफ़ कम्पनीज़ का हिस्सा है,
जिसका पता global.penguinrandomhouse.com पर मिलेगा

पेंगुइन रैंडम हाउस इंडिया प्रा. लि.,
चौथी मंजिल, कैपिटल टावर -1, एम जी रोड,
गुड़गांव 122 002, हरियाणा, भारत

पेंगुइन
रैंडम हाउस
इंडिया

प्रथम हिन्दी संस्करण हिन्द पॉकेट बुक्स द्वारा 2003 में प्रकाशित
यह हिन्दी संस्करण हिन्द पॉकेट बुक्स में पेंगुइन रैंडम हाउस द्वारा 2022 में प्रकाशित

कॉपीराइट © प्रकाश पंडित, 2003

सर्वाधिकार सुरक्षित

10 9 8 7 6 5 4 3 2

इस पुस्तक में व्यक्त विचार लेखक के अपने हैं, जिनका यथासंभव तथ्यात्मक
सत्यापन किया गया है, और इस संबंध में प्रकाशक एवं सहयोगी
प्रकाशक किसी भी रूप में उत्तरदायी नहीं हैं।

ISBN 9879353493455

मुद्रकः रेप्रो इंडिया लिमिटेड

यह पुस्तक इस शर्त पर विक्रय की जा रही है कि प्रकाशक की लिखित पूर्वानुमति के
बिना इसका व्यावसायिक अथवा अन्य किसी भी रूप में उपयोग नहीं किया
जा सकता। इसे पुनः प्रकाशित कर विक्रय या किराए पर नहीं दिया जा
सकता तथा जिल्दबंद अथवा किसी भी अन्य रूप में पाठकों के
मध्य इसका परिचालन नहीं किया जा सकता। ये सभी शर्तें
पुस्तक के ख़रीददार पर भी लागू होंगी। इस संदर्भ में
सभी प्रकाशनाधिकार सुरक्षित हैं।

www.penguin.co.in

This is a legitimate digitally printed version of the book and therefore might not
have certain extra finishing on the cover.

कथा-क्रम

कृश्न चन्दर

जन्म : 26 नवम्बर, 1914 के दिन। आयु का अधिकांश भाग कश्मीर में गुज़ार दिया। कश्मीर की सुंदरता और निर्धनता से बहुत प्रभावित हुए और सामूहिक रूप से 'सुंदरता को पा लेने और निर्धनता को खो देने' को ही मानव और मानवता की आधारभूत समस्याएं समझते रहे और प्रायः इन्हीं के सम्बंध में लिखना पसंद करते रहे।

शिक्षा : 1934 में फारमन क्रिश्चियन कॉलेज लाहौर से अंग्रेज़ी साहित्य में एम.ए. किया। इसके बाद एक वर्ष तक पीलिया और हृदयकम्पन के रोगों से ग्रस्त रहे, फिर लॉ कॉलेज लाहौर में दाख़िल हुए और 1937 में एल-एल.बी. की परीक्षा पास की, लेकिन वकालत की प्रैक्टिस कभी नहीं की।

1935 के अंत में या 1936 के आरम्भ में उर्दू में लिखना शुरू किया। दर्ज़नों पुस्तकें लिखीं, जिनमें कहानी-संग्रह भी हैं, उपन्यास भी, व्यंग्यात्मक लेख भी और नाटक भी। इनमें से कई एक भारतीय भाषाओं के अतिरिक्त रूसी, अंग्रेज़ी, चीनी, चेक, पोलिश, हंगेरियन आदि विदेशी भाषाओं में भी अनूदित हो चुकी हैं।

वेक्सीनेटर

जब मैं एफ.ए. में फ़ेल होकर इस गांव में वेक्सीनेटर बनकर आया, तो वह चीज़, जिसने सबसे अधिक मुझे अपनी ओर आकर्षित किया, रेशमा थी। रेशमा की सुंदरता की चर्चा तो मैं इससे पहले भी बहुतों से सुन चुका था। विशेषकर रास्ते में एक पुलिस सार्जेंट ने, जब उसे मालूम हुआ कि मैं पिंडोर के गांव में वेक्सीनेटर बनकर जा रहा हूं, मुझे बताया, "पिंडोर की मनोहर घाटी में तो बहुत-सी चीज़ें और स्थान देखने योग्य हैं, लक्ष्मण कुंड जिसकी गहराई का पता आज तक अंग्रेज़ भी न लगा सका! जागीरदार साहब का पुराना महल, जिसके चौकोर बुर्ज धूप में सोने की तरह चमकते हैं और जो आजकल उजाड़ पड़ा है और केवल उसी समय काम में लाया जाता है, जब जागीरदार साहब या उनके मेहमान या लड़के-बाले कभी पिंडोर की घाटी में शिकार खेलने के उद्देश्य से आते हैं। खट्टे अनारों का जंगल, जो पिंडोर की पश्चिमी पहाड़ियों पर फैला हुआ है और जहां जंगली सेब, आलूचे और अमलूक के पेड़ भी पाए जाते हैं, जहां जंगली गुलाब की बेलें किसी प्रेमी की बांहों की भांति उन फलदार वृक्षों से हर समय लिपटी रहती हैं और जिनकी गोद में बनफशे के फूल

प्रतिक्षण मुस्कुराते और शरमाते हैं। हां, पिंडोर की घाटी में बहुत-सी चीज़ें दर्शनीय हैं, लेकिन अगर वहां तुमने रेशमा को न देखा, तो समझ लेना कि तुमने पिंडोर में कुछ भी नहीं देखा।"

"सचमुच?" मैंने धीरे से पूछा।

"खुदा की क़सम!" पुलिस सार्जेंट ने एक लम्बी आह भरकर कहा और घोड़े पर सवार होकर चला गया।

यद्यपि मुझे विश्वास तो अब भी न हुआ, लेकिन रेशमा को देखने का चाव दिल में घर कर गया। आख़िर वह भी ऐसी क्या हसीन परी होगी? इन पुलिस वालों की बातों पर विश्वास कम ही करना चाहिए और फिर औरतों के विषय में तो उनका यह विश्वास है कि हर औरत सुंदर होती है, चाहे वह मिट्टी ही की क्यों न हो।

अब तो मेरी हालत उस बूढ़े मुर्गे की-सी है, जो जवानी चली जाने पर भी अपने को जवान समझता है, लेकिन उन दिनों जब मैं नया-नया वेक्सीनेटर बनकर यहां आया था, तो मेरा रंग-रूप बहुत-से लोगों के लिए ईर्ष्या का कारण था। इसमें भी संदेह नहीं कि उन दिनों गांव-भर में मैं ही अपने ढंग का सजीला जवान था और फिर एंट्रेंस पास और सफ़ेद लट्ठे की सलवारें पहनने वाला! ग्यारह रुपए वेतन था, कुलाह पर तुर्रेदार पगड़ी, पांव में कामदार जूते और चेहरे पर मूंछें साइकिल के हैंडिल की तरह मुड़ी हुई। हां, वह ज़माना था मेरे बांकपन का। अब तो यौवन का वसंत पतझड़ में बदल चुका है।

ओह, दोस्त, वे भी क्या दिन थे! काश, तुमने मुझे जवानी में देखा होता। ग़ालिब के दीवान में एक शेर मुझे बहुत पसंद है, वह है...वह है...आह, इस समय कमबख़्त मुझे याद नहीं आ रहा है, दिमाग़ चकरा...ज़बान पर आ रहा है, लेकिन...अच्छा...

हां, तो मैं रेशमा के विषय में कह रहा था, लेकिन मैं रेशमा के विषय में क्या कहूं?

रेशमा की आंखें, उन नीली पुतलियों की अथाह गहराइयां, वे आंखें उन दो स्वच्छ व पवित्र झीलों की भांति थीं, जो किसी ऊंचे पर्वत की चोटी पर स्थित हों, जहां किसी मनुष्य के कदम भी न पहुंचे हों। रेशमा के कोमल होंठ, शरमाए और लजाए-से होंठ, मानो वे अपनी सुंदरता पर स्वयं लजा रहे हों। उसके कोमल हाथ, सफ़ेद उंगलियों की पोरें जंगली गुलाब की कलियों की तरह सुंदर थीं। उसकी चाल, जैसे वसंत की देवी अपनी समस्त मनोहरता और सौंदर्य को लिए वायु के झोंकों पर इठलाती हुई आ गई हो। उसकी आवाज़ सनोवर के जंगलों में घूमते हुए गड़रिये की बांसुरी की भांति मधुर और शीतल झरनों के स्वर की भांति लोचदार। उसका क़द...फ़ारसी का एक शेर है, एक बहुत ही उपयुक्त शेर है, लेकिन...कमबख़्त याद ही नहीं आ रहा है, बिल्कुल ज़बान पर फिर रहा है, आह! क्या ख़ूब शेर था, नज़ीरी का शेर, नहीं, इरफी का, आह! अब स्मरण-शक्ति कितनी कमज़ोर हो गई है! कुछ याद नहीं रहता, कुछ याद नहीं रहता। मुझे अब तो अपनी कविताएं भी याद नही। आश्चर्य है, उन दिनों मेरी स्मरण-शक्ति कितनी प्रबल थी!

तो यह थी रेशमा, पिंडोर की सुंदर घाटी की सुंदरी! निस्संदेह वह एक दुर्लभ चीज़ थी और लोग दूर-दूर से उसे देखने के लिए आया करते थे। उसके बाप के पास प्रतिदिन रेशमा के सम्बंध के लिए संदेश आया करते। कोई पांच सौ रुपए, कोई एक हज़ार, कोई डेढ़ हज़ार, और कोई मनचला तीन हज़ार रुपए तक देने को तैयार था, लेकिन उसका बाप शायद जवाब में इनकार करना ही जानता था। कम-से-कम मैंने तो उसे किसी से हामी भरते नहीं देखा, न सुना, ख़ुदा जाने उसके मन में क्या था! शायद वह अपनी लड़की को किसी बादशाह के साथ ब्याहना चाहता था और यों रेशमा भी तो किसी बादशाह के घर के ही योग्य थी!

लेकिन जैसा कि मैंने कहा, जवानी बुरी बला है, और जवानी का प्रेम उससे भी अधिक ख़तरनाक! मैंने रेशमा को देखते ही समझ लिया कि दुनिया में रेशमा केवल मेरे लिए है और मैं उसके लिए और यह ठान लिया कि चाहे

उसके बाप को जान ही से क्यों न मार डालना पड़े, लेकिन अगर विवाह करूंगा, तो केवल रेशमा से, नहीं तो जान पर खेल जाऊंगा। उसके सारे घर की हत्या कर डालूंगा, सारे गांव को आग लगा दूंगा, उसके सामने पहाड़ी पर से नीचे नाले में कूदकर मर जाऊंगा, लेकिन यह कभी न होगा कि मेरे जीते जी मेरी रेशमा को कोई और व्यक्ति, चाहे वह जागीरदार का बेटा ही क्यों न हो, ब्याहकर ले जाए। जवानी में आदमी कैसी-कैसी विचित्र बातें सोचा करता है, मूर्खता की बातें, फ़िज़ूल, ख़तरनाक, अदूरदर्शिता की बातें!

तो साहब! मैंने रेशमा के प्रेम में सिर-धड़ की बाज़ी लगा दी। लोगों को टीका-वीका लगाना कैसा! हर समय रेशमा के पीछे-पीछे फिरने लगा, पागल कुत्ते की तरह। वह झरने पर पानी भरने जाती तो मुझे पहले से ही मौजूद पाती। चरवाहों के साथ जंगल जाती, तो मैं भी अपनी तोड़ेदार बंदूक लिये हुए जंगल में पहुंच जाता। मैं उन दिनों गाना भी बहुत अच्छा गाता था, मेरा मतलब है कि मैं माहिया बहुत बढ़िया गाया करता था और बहुधा लोग मेरे माहिया गाने पर बहुत प्रसन्न होते थे। कहते थे कि कोई मीरासी भी इतना अच्छा माहिया नहीं गा सकता, लेकिन अब वह दिन कहां? अब तो दिन में मुझे दस बार खांसी की शिकायत होती है। तुम शहर में रहते हो, कभी कोई अच्छी-सी दवा ही भेज दिया करो। नहीं तो तुम्हारे शहर में रहने से हमें क्या फ़ायदा?

ख़ैर!...एक दिन की बात है, मैं किसी निकट के गांव से चेचक के टीके लगाकर वापस आ रहा था। शाम हो चुकी थी और पश्चिम से हलकी-हलकी हवा चल रही थी। मैं बहुत दुःखी था, क्योंकि दिन-भर मैं गांव से बाहर रहने के कारण रेशमा के दर्शन से वंचित रहा था, अतः बहुत ही करुण स्वर में धीरे-धीरे 'फिराक़ जानां में हमने साक़ी, लहू पिया है शराब करके।' गाता हुआ चला आ रहा था। मैं उस समय बहुत उदास था। मेरी आंखों में शायद उस समय आंसू छलक रहे थे और मुझे अपने-आप पर बहुत क्रोध आ रहा था। गांव की सीमा में दाख़िल होने से पहले रास्ते में एक ख़ूबानी का वृक्ष आता है,

अतः जब मैं उस ख़ूबानी के वृक्ष के निकट पहुंचा, तो क्या देखता हूं कि तने का सहारा लिए अपने सुनहरी काकुलों को अपने कोमल कंधों पर बिखराए रेशमा खड़ी मेरी राह देख रही है। मैं ठिठककर खड़ा हो गया।

कुछ क्षण सदियों की तरह बीते, फिर रेशमा बोली, अपने कोमल और मधुर स्वर में, "जी, आप मुझे क्यों तंग करते हैं?"

मैंने कहा, "इसलिए कि मैं तुम्हें चाहता हूं और तुम्हें देखे बिना ज़िंदा नहीं रह सकता।"

रेशमा बोली, "जी, मुझे सब सहेलियां ताने देती हैं और फिर आपका इस तरह मेरे पीछे-पीछे फिरना ठीक भी तो नहीं। मैं आपको गालियां दूंगी, तो फिर आप..."

मैंने कहा, "तो मैंने कब मना किया है? आप शौक़ से गालियां दें। मैं उन्हें सुनता जाऊंगा और फिर इकट्ठा कर लूंगा, फिर फूलों की तरह उनका हार बनाकर अपने गले में पहन लूंगा।"

रेशमा बोली, "हम ठहरीं अनपढ़! भला हमें आपकी तरह बातें बनाना कहां आता है? लेकिन मैं आपसे फिर कहती हूं ख़ुदा के लिए आप मेरा पीछा करना छोड़ दें। अब्बा आपकी जान के गाहक हो रहे हैं। कहते थे, अगर वह लड़का न माना, तो उसे क़त्ल कर डालेंगे।"

मैंने सिर झुकाकर कहा, "यह सर हाज़िर है। अभी गर्दन उड़ा दीजिए। अगर उफ़ भी कर जाऊं तो...'

रेशमा ने एक अजीब अदा से सिर हिलाकर कहा, "हाय, मैं यह कब कहती हूं कि आप मर जाएं, लेकिन आख़िर...आप चाहते क्या हैं?"

"मैं कुछ नहीं चाहता।" मैंने अपना हाथ अपने कलेजे पर रखकर कहा, "हां, सिर्फ़ यह वाहता हूं कि जब तुम यहां से चली जाओ, तो तुम्हारे प्यारे चरणों की धूल अपने माथे पर लगा लूं और तुम्हारा नाम लेता हुआ इसी दम इस संसार से विदा हो जाऊं।"

रेशमा मुस्कुराई। एक बालिका की तरह नहीं, बल्कि एक स्त्री की तरह मुस्कुराई। उसने पलकें उठाकर एक क्षण के लिए मुझे देखा, फिर वे पलकें गुलाब के फूलों की तरह सुंदर और कोमल कपोलों पर झुक गईं। दूसरे ही क्षण वह हंसती हुई वहां से भाग गई। भागती जाती थी और मुड़-मुड़कर मेरी ओर देखती जाती थी।

कुछ क्षण तो मैं चुपचाप पत्थर की मूर्ति की भांति निश्चल खड़ा रहा, फिर मैंने भी रेशमा के पीछे तेज़ी से भागना शुरू किया। वह एक हिरनी के समान तेज़ भाग रही थी। उसके मुंह से हंसी की चीखें निकल रही थीं। धीरे-धीरे, लेकिन विश्वस्त रूप से, हम दोनों के बीच का अंतर कम हो रहा था।

अब मैं उसके बिल्कुल निकट आ गया था, लेकिन अभी उसे छू नहीं सका था।

वह अब अधिक तेज़ी से भागने लगी।

लेकिन मैं अब और भी निकट आ गया था और हमारे बीच बिल्कुल थोड़ा-सा अंतर रह गया था।

"देखो, हमें...हमारा पीछा मत करो...मैं कहती हूं, यह अच्छा नहीं।"

एक छलांग लगाकर मैंने उसे जा दबोचा और गोद में उठा लिया।

"अब किधर जाओगी?" मैंने कहा।

"मुझे छोड़ दो...मुझे छोड़ दो...मैं घर जाऊंगी।" उसने धीमे स्वर में कहा।

मैं एक चिनार के वृक्ष के निकट जाकर रुक गया और उसे हरी घास पर धीरे से गिरा दिया और फिर उसके पास ही सुस्ताने के लिए बैठ गया।

"देखा तुमने? तुम मुझसे भागकर कहीं नहीं जा सकतीं।" मैंने हंसकर कहा।

वह चुप बैठी रही और अपने बिखरे बाल ठीक करती रही।

हम गांव से बहुत दूर निकल आए थे। संध्या की लाली ग़ायब हो चुकी थी, लेकिन फिर भी नदी का पानी एक चांदी के तार की भांति चमक रहा था। हां, पहाड़ों पर अब जंगल नहीं दिखाई देते थे, अंधकार की कालिमा में लुप्त हो चुके थे। कहीं-कहीं तारे भी निकल आए थे।

मैंने रेशमा से पूछा, "तुम मुझसे विवाह कब करोगी?"

"कभी नहीं।"

"क्यों?"

"तुम तेली हो, हम मुग़ल हैं।" रेशमा ने शोख़ी से कहा।

"इससे क्या होता है?" मैंने रेशमा का हाथ अपने हाथ में लेकर कहा, "क्या तुम्हें मुझसे प्रेम नहीं है?"

"कभी नहीं।"

"तो फिर तुम मेरे पास क्यों बैठी हो?"

जवाब में रेशमा ने मुझे प्रेमपूर्ण दृष्टि से देखा, फिर सहसा वह कुछ सोचकर कांप उठी और धीरे से कहने लगी, "मैं आज ख़ूब पिटूंगी। अब्बा मुझे ढूंढ़ रहे होंगे, लेकिन यह कह तो आई थी कि मैं मौसी के यहां जा रही हूं, मगर अब देर भी तो बहुत..."

मैंने बात काटकर कहा, "तुम जैसी नटखट लड़कियां इसी योग्य हैं कि उन्हें ख़ूब पीटा जाए।"

रेशमा बोली, "मैं जानती हूं कि तुम मुझे कभी नहीं पीटोगे।"

मैंने कहा, "हां, क्योंकि मैं एक तेली हूं और तुम मुग़लज़ादी हो।"

रेशमा ने अपना कोमल हाथ मेरे कंधे से लगाया, फिर एकदम अपना सिर मेरी छाती पर रख दिया, "तुम कितने नासमझ हो!" उसने एक आह भरकर कहा।

और मुझे ऐसा जान पड़ा कि एकाएक आकाश के सितारे खिलखिलाकर हंस पड़े हैं और चंद्रमा के प्रकाश में सफ़ेद-सफ़ेद बादलों की कांपती हुई कोमल परछाइयां किसी अज्ञात प्रसन्नता के कारण नाचने लगी हैं और पछुआ वायु के झोंके चिनार के पत्तों में छिप-छिपकर अमर जीवन के गीत गा रहे हैं। मैंने रेशमा की लम्बी-लम्बी लटों में उंगलियां फेरते हुए महसूस किया कि यह प्रसन्नता मेरे लिए असहनीय होगी और जब मैंने विवश होकर उसके होंठों पर अपने होंठ रख दिए, तो मुझे प्रतीत हुआ कि उन होंठों में पहाड़ी शहद की-सी मधुरता है और धधकते हुए अंगारों की-सी गर्मी और जलन! दोनों ही विलक्षण अनुभव थे, एक कष्टप्रद प्रसन्नता और दूसरा आनन्ददायक कष्ट!

इसके बाद आठ-दस दिनों का हाल मैं तुम्हें अच्छी तरह नहीं बता सकता। कुछ याद नहीं आता। जीवन एक सुखमय स्वप्न की भांति बीत रहा था, जिसमें मैं और रेशमा ही थे। कुछ विचित्र-सी हालत थी, शराब का-सा नशा, मनोहर संगीत की-सी मस्ती। सारा गांव स्वर्ग-सा दीख पड़ता था और दूर से जागीरदार साहब के पुराने महल के बुर्ज सोने के कलशों की भांति चमकते थे, विचित्र और रहस्यमय! मुझे ऐसा लगता था मानो यह समस्त संसार, प्रकृति की सुंदरता, पक्षियों का कलरव, बेफ़िक्र गड़रियों के ठहाके हमारे ही लिए पैदा किए गए हैं, मेरे और रेशमा के लिए, ताकि शाम के झुटपुटे में हम दोनों छिपकर और बांहों में बाहें डालकर गांव से बाहर किसी नन्हें-से उपवन में जा बैठे और इन दृश्यों का आनंद उठाएं।

मगर यह सब कुछ आठ-दस दिन के लिए था। इसके बाद एक क्रूर हाथ ने एक ज़ोरदार झटके के साथ मेरे मनोहर स्वप्न को बिखेर दिया। ठीक उस दिन जब हम दोनों ने गांव से भाग जाने की सलाह की थी, रेशमा के ज़ालिम बाप ने उसे जागीरदार साहब के बड़े लड़के के हवाले कर दिया। यह तो मुझे बाद में मालूम हुआ कि बहुत दिनों से गुप्त रूप से सलाह हो रही थी। जागीरदार साहब का बड़ा लड़का बड़ा दुराचारी है। जिस तरह बड़े आदमियों की आदत

होती है, वह रेशमा पर लट्टू था। कहीं शिकार खेलते, आते-जाते देख लिया होगा, बस, रेशमा के बाप पर डोरे डालने शुरू कर दिए। इधर मेरी लापरवाही का यह हाल कि मुझे उस समय पता चला, जब रेशमा शहर में जागीरदार साहब के महल में पहुंचाई जा चुकी थी।

यह चोट इतनी गहरी और अचानक थी कि मैं अपने हवास ठीक न रख सका। लोग कहते हैं कि इस घटना के बाद दो वर्ष तक मैं पागल-सा रहा, सूखकर बिल्कुल कांटा हो गया था, दर-दर घूमता था और लोगों से कहता था, "मुझे बचाओ, मुझे बचाओ, वह मुझे काटने को आ रही है।" बस यही शब्द थे, जो हर समय मेरी ज़बान पर रहते थे।

सुना है कि एक दिन जब मैं जागीरदार साहब के शहर में घूम रहा था, उन्होंने मुझे कहीं देख लिया और जब किसी मुसाहिब से उन्होंने मेरी राम-कहानी सुनी, तो मुझ पर बहुत तरस खाया और इलाज के लिए शिकारपुर के पागलख़ाने में भेज दिया। हां, जब मैं दो वर्ष के बाद स्वस्थ हो गया, तो मुझे फिर अपने पुराने स्थान पर उसी घाटी में नियुक्त करा दिया, लेकिन इस गांव में नहीं, बल्कि दूर के गांव में, जो यहां से दस मील दूर था।

इतना कहकर वेक्सीनेटर चुप हो गया, और हुक्का गुड़गुड़ाने लगा।

रशीद ने धीरे से पूछा, "और रेशमा?...तुमने उसे फिर कभी देखा?"

"रेशमा जागीरदार साहब के बड़े लड़के के महल में है। यद्यपि वहां स्त्रियां बहुत हैं, लेकिन रेशमा को अपने स्वामी की चहेती होने का गर्व ज़रूर हासिल है। उसके दो लड़के भी हैं... मैंने उसे आठ-नौ वर्ष हुए, उसके बाप के घर इसी गांव में देखा था, जब वह अपने भाई के विवाह के अवसर पर यहां आई थी।

उसका बाप, अब क्या यह भी बताने की ज़रूरत है कि इस गांव का नम्बरदार है और इलाके का ज़िलेदार।

"उसका मकान पत्थरों से बना है। तुमने रास्ते में देखा तो होगा, वह जिस पर टिन की छत है और जिसके पीछे एक बड़ा-सा बगीचा है। मैंने उसे बगीचे में देखा था। वह सुंदर रेशमी वस्त्र पहने टहल रही थी। उसके साथ उसके दोनों छोटे-छोटे लड़के थे। वह अब भी बेहद सुंदर थी। उसकी चाल राजकुमारियों जैसी थी। मैं देर तक बाड़े की ओट में खड़ा उसे देखता रहा। रेशमा, जो कभी मेरी पत्नी होती, रेशमी कपड़ों के बजाय वह लाल धारी की भारी कमीज़ और छींट की शलवार पहनकर मेरे अपने बच्चों को लेकर यूं टहलती, यह सोचकर मेरी आंखों में आंसू भर आए और उन्हें पोंछने की कोशिश किए बिना ही मैं बाड़े की ओट से बाहर निकल आया और उसे गालियां दीं। उसके सारे ख़ानदान को जी भरकर और चिल्लाकर कोसा और उस समय तक वहां से न टला, जब तक लोग मुझे वहां से खींचकर और घसीटकर दूर न ले गए।"

"और रेशमा ने तुम्हें कुछ न कहा?" रशीद ने पूछा।

"नहीं, मुझे देखकर वह ठिठककर खड़ी हो गई, फिर उसने गर्दन झुका ली और चुपचाप गालियां सुनती रही। उसकी आंखों की नीली झीलों से आंसुओं के स्रोत बह निकले और उसने अपने कांपते हुए हाथों से अपने दोनों लड़कों को अपने साथ चिपटा लिया। बाद में जब वह अपने गांव से चली गई, तो उसकी एक पुरानी सहेली ने मुझे बताया कि उसके इस सवाल पर कि तुमने वहां बगीचे में खड़ी रहकर उसकी गालियां क्यों सुनीं, रेशमा ने जवाब दिया, उस समय वह अगर मुझे पीट डालता, या जान से भी मार डालता, तो भी मैं वहां से न हिलती।...फिर उसने कहा, मेरी प्यारी सखी! वे गालियां नहीं थीं, फूल थे, मेरे प्रेमी के, जिन्हें मैंने चुन-चुनकर अपने आंसुओं के तार में पिरो लिया और अपने हृदय की समाधि पर चढ़ा दिया, ताकि प्रेम की समाधि सूनी न रहे... ।"

"लेकिन", वेक्सीनेटर ने करुण स्वर में अपनी कहानी समाप्त करते हुए कहा, "मुझे अब किसी पर क्रोध नहीं, किसी से प्रेम नहीं, मैं अब किसी का लिहाज़ नहीं करता। पहले चेचक के टीके मुफ़्त लगाता था, अब दो आने लिए बिना किसी की बाज़ू को हाथ तक नहीं लगाता। मुझे किसी की परवाह नहीं। मैं अपना रुपया ड्योढ़े सूद पर उधार देता हूं। इस गांव में सिवाय रेशमा के बाप के सब मेरे ऋणी हैं। वे मुझे कंजूस और ज़ालिम कहते हैं, लेकिन उन्होंने कब मेरा भला चाहा? उनका बस चले, तो मुझे आज मार डालें। लेकिन मुझे किसी की परवाह नहीं, किसी से प्रेम नहीं, मेरे पास रुपया है, ज़मीन है, बाल-बच्चे हैं, तीन निकाह कर चुका हूं, मुझे किसी की परवाह नहीं, किसी से प्रेम नहीं, किसी पर ग़ुस्सा नहीं। मैं जागीरदार साहब की वफ़ादार प्रजा हूं, उनका गुलाम हूं।"

"क्या सचमुच तुम्हें किसी पर ग़ुस्सा नहीं आता?" रशीद ने तीक्ष्ण दृष्टि से वेक्सीनेटर की ओर देखकर पूछा।

वेक्सीनेटर घबरा-सा गया। आंखें नीची करके बोला, "नहीं, हरगिज़ नहीं। मेरा दिल साफ़ है, लेकिन दोस्त..." अब वेक्सीनेटर ने अपनी निगाहें ऊपर उठा लीं और रशीद की ओर लज्जित-सी दृष्टि से देखकर कहने लगा, "मैं एक बात तुमसे कहना चाहता हूं। उसे कहते समय मेरा सीना फटा जाता है और मैं तुमसे यह बात कहे बिना नहीं रह सकता। वह बात जागीरदार साहब के इस पुराने महल के बुर्जों के विषय में है। मैं इन्हें धूप में सोने की तरह चमकते हुए देखकर पागल हो जाता हूं। मुझे ऐसा लगता है, मानो वे मुझ पर हंस रहे हैं, मुझे चिढ़ा रहे हैं। मैं उन्हें साफ़ कहते हुए सुनता हूं, 'तुम हमें नहीं जानते। हम अब भी तुम्हारी दुनिया को बर्बाद कर सकते हैं, तुम्हारे सुख और शांति को धूल में मिला सकते हैं, तुम्हारे जीवन के उल्लासों को पांव-तले रौंद सकते हैं। तुम हमें नहीं पहचानते। हा! हा! हा!'

"और मैं पागल हो जाता हूं, और सोचता हूं कि जब तक ये चमकते हुए बुर्ज मौजूद हैं, मेरे मन को शांति नहीं प्राप्त हो सकती। बहुधा मेरे मन में विचार उठता है कि एक-दो रुपए की बारूद लेकर मैं रात के समय इस पुराने महल के निकट जाऊं और बारूद लगाकर भक से इन बुर्जों को उड़ा दूं, तो...तो... लेकिन मैंने हर बार इस विचार को मन में ज़ोर से दबा दिया है।"

और वेक्सीनेटर ने रहस्यमय लहजे में रशीद की ओर झुककर कहा, "लेकिन एक दिन मैं इस काम को अवश्य पूरा करके छोड़ूंगा..."

राजेन्द्र सिंह बेदी

जन्म : पहली सितम्बर, 1915 को लाहौर छावनी में। बाल्यकाल का पहला भाग गांव में और शेष शहर लाहौर में गुज़रा। एफ.ए. तक शिक्षा पाई। गणित में सदा उतने ही कमज़ोर रहे जितने आर्ट्स में अच्छे।

अंग्रेज़ी और पंजाबी में लिखना शुरू किया, लेकिन पढ़ने वालों की संख्या बढ़ाने के विचार से उर्दू में लिखने लगे। पहली प्रसिद्ध कहानी 'भोला' थी, जो 'अदबी दुनिया' के वार्षिकांक में प्रकाशित हुई। उसके बाद 'गर्म कोट', 'हमदोश', 'पान शॉप' आदि थीं, फिर कहानी-संग्रह 'दाना-ओ-दाम' प्रकाशित होकर प्रसिद्ध हुआ, इतना प्रसिद्ध कि उर्दू की असंख्य पुस्तकों की तरह तीन साल में उसका एक हज़ार का संस्करण भी न बिक सका।

केवल कहानियां ही नहीं लिखीं, बीवी-बच्चों को भी देखा, हालांकि साहित्य पहला प्रेम था।

कई कहानी-संग्रह छपे, जिनमें 'दाना-ओ-दाम', 'ग्रहण' और 'कोखजली' लोकप्रिय हुए। उपन्यासों में 'एक चादर मैली-सी' और नाटकों का एक संग्रह 'सात खेल' बहुत प्रसिद्ध हैं।

टर्मिनस

जेजों, या यों कहिए कि जेजों दोआबा, उस लाइन का अंतिम स्टेशन था और गाड़ी उसकी ओर बेतहाशा भागी जा रही थी। जिस प्रकार बुझने से पहले दीपक में एक तेज़ लौ पैदा हो जाती है, उसी प्रकार गाड़ी की गति में भी एक तीव्र लौ-सी पैदा हो रही थी। दाएं-बाएं शिवालिक की पहाड़ियां दो लम्बी-लम्बी बांहों के रूप में खुल रही थीं और उस विस्तृत गोद के भीतर छोटे-छोटे टीले, 'गैंग हट', साधारण झाड़ियां और झोंपड़ियां गाड़ी के आख़िरी डिब्बे को पकड़ने के लिए पीछे की ओर भागी जा रही थीं। दूर कहीं पिट्ठू और पशु गोफिये में पड़े हुए कंकरों की तरह एक बड़े दायरे में घूमते दिखाई देते थे।

इस समय वर्षा थमी हुई थी, लेकिन कचनार और आम के पेड़ों की काली छाल से अनुमान होता था कि दिन और रात के चार पहरों में पानी बहुत ज़ोर का पड़ गया है। सूरज वर्षा-ऋतु की संध्या के चंचल अंतरिक्ष के बीच बादल के शुतुरमुर्ग के एक टुकड़े में उलझा हुआ, झेंपता दिखाई देता था। एक लम्बी बरसात के बाद उसकी सुंदरता उदासीनता उत्पन्न कर रही थी और धरती पर यहां-वहां बिखरा हुआ पानी यों दिखाई देता

था जैसे कोई बहुत बड़ा शीशा आकाश से धरती पर गिरकर टुकड़े-टुकड़े हो गया है।

कभी एकाएक ऐसा अनुभव होने लगता, जैसे बाहर दिखाई देनेवाला प्रत्येक दृश्य हमारे ही किसी भीतरी दृश्य का कठोर प्रतिबिम्ब है। जयराम उदास था और उसे वातावरण में उदासी ही उदासी भरी हुई दिखाई देती थी। वह गाड़ी में खिड़की के पास बैठा, अपनी विह्वलता में नथनों के बाल उखाड़ता हुआ जेजों दोआबा टर्मिनल की प्रतीक्षा कर रहा था। कभी वह पीड़ावश अपनी सीट पर उछल जाता और कभी सामने चोटियों पर धुंधली-सी दिखाई देने वाली बर्फ़ को देखकर उसकी उंगलियां उसके सफ़ेद बालों में धंस जातीं और वह सोचता, जिस तरह गाड़ी एक धुन के साथ अपने अंतिम लक्ष्य की ओर भागी जा रही है, उसी प्रकार शायद मैं भी अपने अंतिम लक्ष्य की ओर लपका चला जा रहा हूं।

एकाएक उसे नथनों के बाल उखाड़ने से अधिक दिलचस्प व्यवस्था याद आ गई। उसने सामने की सीट पर पड़ी हुई बुढ़िया को झंझोड़ते हुए कहा, "भोली माई, उठ, देख तेरा जेजों आ रहा है।"

माई हड़बड़ाकर उठ बैठी। उसके चेहरे का तेज, जो चालीस वर्षीय रंडापे और उत्तराधिकारहीनता का सूचक था, और जो एक दीर्घ, अर्थहीन स्वप्न के कारण धीमा पड़ गया था, उग्र हो उठा और वह एक बच्चे की तरह प्रसन्न होकर बोली, "आ गया, जेजों, बस, यहां से सात कोस परे रहते हैं, मेरी बेटी और जमाई, मेरी सीता-राम की जोड़ी!"

बाहर से एक नन्ही-सी कंकड़ी उड़ी और जयराम की आंख में पड़ गई। कुछ देर के लिए उसकी आंखें भीतर को सिमट गईं। पुतलियां कुछ फैलीं और वास्तविकता की चुभन के बावजूद उसे बीते समय के भयानक स्वप्न दिखाई दिए। परिश्रमी, किंतु, थके-हारे जयराम ने अपने अतीत में झांका, तो उसे अपने आनंदरहित फीके पचास वर्षों में एक

जीवनवर्धक क्षण दीख पड़ा। उस समय, जबकि जयराम जीवन का बीसवां पतझड़ देख रहा था, करतारपुर स्टेशन की प्याऊ पर एक लड़की उसकी ओर देखकर मुस्कुराई थी और जयराम का मन, प्रेम के गोफिये में पड़ा रहा था।

कंकरी के निकलते ही एक धक्का-सा लगा और पास के शोर-गुल से पता चला कि गाड़ी जेजों दोआबा टर्मिनस के अहाते में दाख़िल होकर खड़ी हो गई है। भोली माई और उसके साथ दूसरे यात्री उतरे और बाहर निकलने के लिए फाटक की ओर बढ़े। उस समय संध्या क्षणों की सूली पर तड़प रही थी और अंधकार की लम्बी-लम्बी लटें ऊंचे-ऊंचे खम्भों, पुल और शेड की सहायता से दिन के कंधों पर बिखर रही थीं। जयराम भी दुःख और कपड़ों की गठरियां उठाए फाटक की ओर बढ़ा, लेकिन रुक गया। उस समय ठठर गांव जाने का उसे कोई ढंग दिखाई नहीं दे रहा था।

सहसा जयराम के मन में एक ख़याल आया जो उसने अभी तक सोचा ही नहीं था, अब उसे ठठर गांव में पहचानेगा कौन? वह 'खुट्टों के एक बड़े कुल से सम्बंध रखता था, लेकिन खुट कुछ जेजों और कुछ होशियारपुर और उसके आसपास के गांवों में जा बसे थे और अपने पेड़ों के कारण जेजों में एक विशेष ख्याति पाए हुए थे। ठठर में केवल एक ताया बापू की ख़बर मिलती थी, लेकिन वे तो जयराम के बचपन में ही बुढ़ापे और झुकी हुई कमर से यों दिखाई देते थे, जैसे क़ब्र की तलाश कर रहे हों। इस समय उनका उपस्थित होना एक असम्भव-सी बात थी। उनकी चार-पांच लड़कियां थीं, जो एक साथ विवाह के बाद संतोखगढ़, ऊना, गढ़शंकर और इधर-उधर कुछ इस प्रकार बिखर गई थीं जैसे बारूद-भरे अनार की चिनगारियां छूटते ही चारों ओर बिखर जाती हैं और जयराम प्लेटफार्म पर पड़े हुए बेंच की ओर लौटा और निराशापूर्वक इधर-उधर देखने लगा।

जेजों दोआबा एक अच्छा बड़ा स्टेशन था। कभी जेजों एक बड़ी मंडी

हुआ करती थी, जिसके लिए स्टेशन पर एक यार्ड बनाया गया था, जो इन दिनों सूना पड़ा था। लाइन पर बिछाने के लिए पत्थर तो अभी तक भेजे जाते थे। साइडिंग में एक जगह बड़ी-सी क्रेन दूर से यों लगती थी, जैसे कोई मुर्ग हो जिसे भूनने के लिए उसके पंख नोच लिए गए हों। उस क्रेन से परे हटकर एक-दो मालगाड़ियों की तश्तरियां-सी रखी थीं, जिनमें वर्षा के गंदले पानी और पत्थरों की भाजी पड़ी थी। साइडिंग के उत्तर में रेल पर कुछ ठोकरें थीं। एक ठोकर अन्य की अपेक्षा काफ़ी फ़ासले पर थी और उसे केवल इसलिए दूर बनाया गया था कि इंजन को शंट करने में सुविधा हो, या अगर गाड़ी तेज़ी में आगे निकल जाए तो उसके पटरी पर से उतरने या टकराने का ख़तरा न रहे। और लोहे की ये बड़ी-बड़ी मज़बूत ठोकरें जयराम को भयभीत करने लगीं। जयराम ने सोचा, काश! ये रेलें एकदम उन ठोकरों पर रुक जाने की बजाय सामने दिखाई देने वाली पहाड़ी में ग़ायब हो जातीं...

जयराम ने उठकर अपने शरीर को एक जीर्ण और पेबंद लगे कम्बल में अच्छी तरह लपेटा और बडे रहस्यमय ढंग से स्टेशन के जंगले के साथ-साथ घूमने लगा। जंगले के निकट, अंधे कुएं पर पीपल का एक तना बढ़ा हुआ था और एक लंगूर अपनी लम्बी-सी पूंछ को तने पर बल देकर कुएं में औंधा लटका हुआ था। उसके काले-कलूटे चेहरे की धूल में भूरी आंखों के दो कोयले दमक रहे थे। घाटियों के पीछे पानी बड़े ज़ोर-शोर से बह रहा था और उस बरसाती नाले के शोर में जेजों के क़स्बे का सब शोर डूब रहा था। स्टेशन का वातावरण मौन तथा उदासीन था। जिधर से जयराम आया था, उधर पटरियों का एक जाल बिछा हुआ था। ये पटरियां इतनी थीं जितनी जयराम के शरीर में नाड़ियां। वहां सैकड़ों ही खलासी, कुली और यार्डमैन थे, जो आती-जाती गाड़ियों के बीच बेखटके, मतलब-बेमतलब घूमा करते थे। कभी-कभी कोई इंजन एकाएक दनदनाता हुआ शेड के नरक से सुरमा उड़ाता हुआ मानव-संतान में से किसी को झपट में ले लेता, लेकिन प्रभात

से पूर्व ही उसकी स्थान-पूर्ति के लिए सर्वजननी एक और बच्चा जन देती। जयराम ने सोचा, यहां जेजों की किसी पटरी पर कोई चुपचाप अपना सिर रख दे और सो रहे?

जब से जयराम आया था, किसी ने उससे टिकट भी तो नहीं पूछा था। एक साहब जो रंग-ढंग से स्टेशन मास्टर और वस्त्रों से नाई मालूम होते थे, कुर्ता और तहबंद पहने, हाथ में छोटा-सा हुक्का संभाले, खड़ाउओं से खट-खट करते एक टूटे हुए लैम्प के पास खड़े होकर कांटे वालों को ताबड़तोड़ गालियां सुना रहे थे। कांटेवाले पूर्ववत्, गालियों से निश्चिंत, दूर खड़े लाल और हरी बत्तियों की परेड कर रहे थे। स्टेशन के स्टाफ़ ने यहां वर्दी पहनने की भी आवश्यकता नहीं समझी थी। कहीं साल में एक-आध बार ट्रैफ़िक इंस्पेक्टर आ निकलता, तो उसका भाग चुपके से हाथ में थमा दिया जाता और फिर उसे धोती-कुर्ते में ही दफ़्तर वाली नीली सर्ज दिखाई देने लगती। बहुत होता, तो वह बड़े प्रेम से स्टेशन मास्टर से कह देता, "मर जाओगे, माधोलाल, मर जाओगे, सर्दी में तुम लोग।"

इंस्पेक्टर पैसों की गर्मी और स्टेशन मास्टर जेजों की सर्दी से परिचित हो चुका था। 'मर जाओगे तुम लोग' का उत्तर एक संक्षिप्त-सी 'हूं' के सिवा और कुछ न होता। जयराम घूम-फिरकर फिर अंधे कुएं के पास जा खड़ा हुआ और उसकी तह में टूटे हुए ढकने, पीपल के पत्ते, पत्थर और पानी को देखने लगा। लंगूर इस समय तक कहीं भाग गया। था, उसकी जगह कुछेक छोटे-छोटे बंदर कलाबाज़ियां लगा रहे थे। एक नन्हा-सा बंदर, अपनी मां के पेट के साथ चिमटा हुआ नीचे, मानो मौत को देखकर, मुंह चिढ़ा रहा था। जयराम ने कुएं में छलांग लगाकर जीवन की इस बेहूदा नकल को समाप्त करने की ठानी। लेकिन वह इस शुभ कार्य के लिए बहुत बूढ़ा हो चुका था। जैसे ऊपर बंदरिया का बच्चा मौत का मुंह चिढ़ा रहा था, उसी प्रकार मौत जयराम का मुंह चिढ़ा रही थी।

दूर घाटियों पर कुछ रोशनियां एक ओर जाती हुई दिखाई दीं। जयराम इस तीस वर्ष की अवधि में बहुत-कुछ भूल चुका था, परंतु उसे यह दृश्य कुछ जाना-पहचाना-सा मालूम हुआ। जंगले से परे हटते हुए वह स्टेशन मास्टर के निकट पहुंचकर बोला, "ये रोशनियां कैसी हैं, बाबू!"

स्टेशन मास्टर ने मूंछों की एक बड़ी-सी झालर उठाई और बड़ी भद्दी-सी आवाज़ में बोला, "ये लोग गांव जा रहे हैं।"

"कौन-से गांव?"

"यही ठठर...संतोखगढ़ वगैरा..."

जयराम चुप हो गया। इस विचार से उसे किंचित् संतोष हुआ कि जेजों दोआबे से परे भी हज़ारों पगडंडियां शिवालिक के चारों ओर बल खाती चली जाती थीं। इन पगडंडियों को देखकर शरीर और आत्मा में कम्पन उत्पन्न कर देने वाली रेलों की ठोकरें जयराम के लिए अर्थहीन-सी हो गई थीं। जेजों दोआबा एक ब्रांच लाइन का टर्मिनल हो तो हो, परंतु मानव की यात्रा के चिह्नों से बनी हुई पगडंडियों का अंत नहीं।

स्टेशन मास्टर ने फिर मूंछें उठाईं और घृणायुक्त स्वर में बोला, "तुम कौन हो?"

जयराम ने एक ठंडी सांस भरकर कहा, "मैं कौन हूं! मैं एक मुसाफ़िर हूं बाबा!"

'मुसाफ़िर'. का शब्द हम लोगों के शब्दकोश में एक विशेष अर्थ रखता है। एक विशेष स्वर में 'मुसाफ़िर' कहने से सुनने और कहने वाले एक और ही संसार में पहुंच जाते हैं, ऐसे संसार में, जहां टिकट पूछने की ज़रूरत ही महसूस नहीं होती और इस अत्यंत भावनापूर्ण और परम्पराओं की पृष्ठभूमि लिए हुए इस शब्द से बातचीत कुछ और ही रूप धारण कर लेती है। स्टेशन मास्टर, जिसके परदादा को लकवे का रोग था, कुछ तुतलाया और उसने अपना हाथ जांघ पर मारकर एक ठंडी सांस भरने के

बाद, इंजन की तरह भाप छोड़ते हुए कहा, "हो बाबा! हर चीज़ मुसाफ़िर, हर चीज़ राही।" और फिर टर्मिनस स्टेशन वालों के लिए 'मुसाफ़िर' शब्द एक विशेष फैलाव और सीमाएं रखता है। स्टेशन मास्टर ने अपनी बात को जारी रखते हुए एक घिसा-पिटा वाक्य दोहराया, "अपनी-अपनी बोलियां सब बोलकर उड़ जाएंगे।" और यह वाक्य स्टेशन मास्टर ने किसी कवि के कविता-संग्रह की बजाय लॉरी के एक तख़्ते पर भगवान् के हिंदू, सिख और मुसलमान नामों के बीच घिरा हुआ पढ़ा था। एकाएक स्टेशन मास्टर को पता चला कि इस वाक्य के दोहराने से वह एकाएक अपनी सत्ता-सीमा से परे क्षुद्र लॉरियों और पक्षियों की दुनिया में चला गया है। उसने बात का रुख़ बदलते हुए सूरदास की एक चौपाई पढ़ी और बोला, "हां, बाबा, यह दुनिया मुसाफ़िरख़ाना है, हर इक ने आना-जाना है। यह संसार मिथ्या माया है, कोई अपना है न पराया है..."

इस बात के बाद जयराम को ऐसा लगा, मानो उसके और स्टेशन मास्टर के बीच का अंतर मिट गया है। वह उसके पास लाठी टेककर बैठ गया। इस प्रसंग में कुछ देर तक संलग्न रहने के बाद रस्मी बातें होने लगीं। स्टेशन मास्टर ने पूछा, "आपका दौलतख़ाना कहां है?"

जयराम ने मुस्कुराते हुए अपनी ऊबड़-खाबड़ बत्तीसी दिखाई और बड़ी नम्रता से बोला, "मेरा ग़रीबख़ाना ठठर है और आपका?"

"मैं हमीरपुरिया ठाकुर हूं!"

'सेवक' के स्थान पर 'मैं' का शब्द आ जाने से जयराम को अचम्भा हुआ, लेकिन स्टेशन मास्टर सच्चा था। ठाकुर सेवक नहीं होते। यह तो बहुत हुआ कि वे 'मैं' हो गए, अन्यथा साधारणतया वे अपने लिए बहुवचन से कम शब्दों का प्रयोग नहीं करते। जयराम कुछ झेंप गया। एकाएक उसे ख़याल आया कि ठाकुर ठठर गांव के जमाई भी हैं और यदि मनुष्य आड़े समय में गधे ऐसे अप्रिय जानवर को अपना बाप बना लेता है तो स्टेशन मास्टर को

अपना जमाई समझ लेने में क्या हानि है! जयराम ने अपनी बांहें खिलाते हुए प्रशंसायुक्त स्वर में कहा, "हो, ठाकुरे! ठाकुरों के यहां हमारे ठठर की भी एक लड़की है।"

"हां-हां", स्टेशन मास्टर ने मूंछों पर ताव देते हुए कहा, "मेरे बड़े भाई की पत्नी ठठरानी है, ठठर की रहने वाली।"

जयराम लकड़ी छोड़कर खड़ा हो गया और कम्बल में अपनी बांहें फैला दीं और यूं दिखाई देने लगा, जैसे कोई गरुड़ उड़ने के लिए पर तोल रहा हो।

आंखों को सिकोड़कर उसने एक बार फिर स्टेशन मास्टर की ओर ध्यान से देखा और बोला, "तुम केदारे के छोटे भाई हो? बैजू बावरे! है-है-है...बैजू बावरे...!" और जयराम फिर हंसने लगा।

स्टेशन मास्टर ने इधर-उधर देखा, जैसे कोई एकाएक नंगा हो जाने पर इधर-उधर देखता है। एक मुसल्ली (छोटी जाति का मुसलमान) पास खड़ा इस विचित्र नाम को सुनकर मुस्कुरा रहा था। स्टेशन मास्टर ने राज़दारी में जयराम को आंख मारी और सिर को एक झटका दिया, मानो कह रहा हो, 'हूं तो मैं बैजू बावरा, लेकिन चुप रहो प्यारे! यहां ज़रा इज़्ज़त बनी हुई है और माधोलाल के नाम के अतिरिक्त मुझे और कोई किसी नाम से नहीं जानता'; जयराम ने दोनों हाथों से स्टेशन मास्टर का हाथ भींच लिया, फिर बांहें जैसे कलोल के लिए उसके गले में डाल दीं और कुछ और भी ऊंचे स्वर में बोला, "छोड़ो यार, लोगों के लिए तुम होगे माधो-वाधो, पर जयराम के लिए तुम बैजू बावरे हो, उफ़...उफ़! कितने दिनों के बाद तुम्हें पाया है और यह नाम हमने भारतवर्ष के प्रसिद्ध गायक के नाम पर तुम्हें दिया था। याद है, तुमने टीकरे चिंतपुरनी पर एक बहुत ही भद्दी आवाज़ में मालकोंस की धुन अलापी थी? तब से...हो...हो।"

स्टेशन मास्टर को सब-कुछ याद था, लेकिन वह उसे भूलने में ही

अपना लाभ समझता था। इसी समय एक बंदर ने छलांग लगाई और माधोलाल के कंधे पर आ बैठा। माधोलाल ने उधर ध्यान दिए बिना एक हलकी-सी त्यौरी चढ़ाई और उसे एक ओर हटा दिया, मानो केवल चिड़िया की बीट उसकी क़मीज़ पर पड़ गई हो। जयराम बोला, "बैजू बावरे, तुम्हारे यहां कितने बंदर हैं?"

"कभी बहुत थे। अब तो दिन-प्रतिदिन कम होते जा रहे हैं।' माधोलाल ने उत्तर दिया और एक जानकारी की बात बताने का गौरव प्राप्त करते हुए बोला, "यह बंदर बहुत लाभकारी जीव है। सुनते हैं, कोई डॉक्टर वारनाफ है, जिसके अनुसंधानों के लिए यहां के बंदर पकड़कर ले जाए जा रहे हैं।"

"डॉक्टर वारनाफ?"

"हां!"

"कोई मद्रासी डॉक्टर है? और क्या करता है वह बंदरों का?"

माधोलाल ने उसी दम बैजू बावरे का बदला चुकाते हुए कहा, "जब कोई व्यक्ति तुम-सा बूढ़ा हो जाता है और किसी योग्य नहीं रहता तो उसमें बंदरों के फेफड़े डाल दिए जाते हैं और वह नए सिरे से जवान हो जाता है..."

शायद जयराम के मस्तिष्क में शहर का कोई विज्ञापन चक्कर लगाने लगा, "यह विज्ञान कैसा ऊटपटांग है!" जयराम ने कहा और मुस्कुरा दिया। पुरुष अपनी शक्ति के संबंध में कोई ऐसी-वैसी बात नहीं सुनना चाहता, इसलिए जयराम ने अपनी बात को जारी रखते हुए कहा, "इन सफ़ेद बालों से बूढ़ा न समझ लेना, बैजू बावरे!"

और दोनों देर तक हंसते रहे। जयराम बोला, "इन नए फेफड़ों से बंदर की-सी फुर्ती भी पैदा हो जाती होगी?''

"यह तो नहीं कह सकते", माधोलाल बोला, "लेकिन भाई, डॉक्टर वारनाफ का यह अनुसंधान है ख़ूब और उन्हें अनुसंधान के लिए बंदर भी

हरिद्वार और चिंतपुरनी से मिलते हैं। ये लोग दर्पण में अपना मुंह नहीं देखते, नहीं तो उन्हें भारत की ओर न देखना पड़े। कई बरसों से ये बंदर पकड़े जा रहे हैं। स्टेशन के चार बाबुओं, तीन कुलियों, पांच खलासियों और जेजों के पुजारियों ने एक अपील वायसराय साहब को तार द्वारा भेजी है, लेकिन दोस्त! यह तो मैं भूल ही गया था, मैंने तुम्हें पहचाना नहीं, शक्ल बहुत बदली हुई मालूम होती है, कहीं ख़ुफ़िया पुलिस में तो नहीं..."

"हो हो हो..." जयराम ने अपने विशेष ढंग से हंसते हुए कहा, "मैं आतो खुट का बेटा हूं, मंझला बेटा, पहचाना? जिसके बड़े और छोटे, दोनों भाई लाहौर के पागलख़ाने में हैं।"

इस मामूली-से इशारे से माधोलाल को सब-कुछ याद आ गया। हमारा संसार होशियारों की अपेक्षा पागलों को अधिक याद रखता है और जीवित लोगों की अपेक्षा मरे हुए लोगों के अपराध तुरंत क्षमा कर देता है। माधोलाल बोला, "मैं आतो खुट के सब बेटों को अच्छी तरह से जानता हूं। बचपन में हमने ऐसी शरारतें की हैं, जिनकी याद आती है तो लज्जा से गरदन झुक जाती है, लेकिन वह बचपन था न? कहो, आख़िर तुम इतने दिन रहे किधर?"

इस समय अंधेरा पूरी तरह छा चुका था। आकाशं पर सितारे और शेड में चमगादड़ एक-दूसरे का पीछा करते हुए थक चुके थे और इमली के वृक्ष की शाखाओं में या लोहे के गार्डर के एक किनारे पर लटक गए थे। ठठर जाने वाली रोशनियां एक आकाशगंगा-सी बनकर रह गई थीं। जयराम ने दार्शनिकों की तरह अपनी ठोड़ी थामते हुए कहा, "मेरी क्या पूछते हो बाबा? बहुत-से खेल खेले हैं, बहुत चोटें खाई हैं। आख़िर, मैं एक बड़े वकील का मुंशी रहा, उससे पहले कचहरी में रीडर था। क़ानून तो मेरी उंगलियों की पोरों में है..."

"यह बात है?" माधोलाल ने हाथ मिलाने के लिए हाथ बढ़ाते हुए कहा,

"मेरा एक सम्बंधी 302 में धर लिया गया था, आतो...क्या नाम है तुम्हारा?"

"जयराम!"

"जयराम...अच्छा, तुम अपनी कह लो, फिर मैं उस मुक़दमे की बात कहूंगा।"

"नहीं, नहीं, तुम कहो", जयराम ने माधो को थपकते हुए कहा और फिर स्वयं ही बोलने लगा, "किसी के सामने अपनी मूंछ नीची। नहीं होने दी, यह अपना धर्म नहीं, नहीं तो आज एक पूरे ज़िले का मजिस्ट्रेट होता।"

माधोलाल ने पलटकर अपने सामने उस तुच्छ-से व्यक्ति को देखा जो अपनी लकड़ी से ज़मीन पर रेखाएं बना रहा था और एक तीखी अबाध दृष्टि से उसे घूर रहा था। उस दृष्टि को सहन न कर माधोलाल ने दूसरी ओर मुंह फेर लिया। उस तुच्छ व्यक्ति के बात करने के ढंग में कुछ ऐसी निष्कपटता थी कि सुनने वाला प्रभावित हुए बिना नहीं रह सकता था। जयराम ने एक ठंडा सांस लिया और नाक के गाढ़े लुआब को कम्बल के एक कोने से पोंछते हुए कहने लगा, "लादी का बैल जब भागेगा, घूम-फिरकर लादी के पास आ खड़ा होगा। बड़े मजिस्ट्रेट से लड़ाई हुई तो रीडरी छोड़कर वकील का मुंशी हो गया। यह मेरा आख़िरी पेशा है। इससे पहले बीसेक पेशे अपना चुका हूं।"

माधोलाल ने बात काटते हुए कहा, "तुम्हें भूख तो लगी होगी, जयराम?''

जयराम ने किसी उत्सुकता के बिना पेट को सहलाया और बोला, "हां, है तो। भूख से पेट में एक खलबली मची हुई है।"

"अच्छा तो, चलते हैं, उठो।" और माधोलाल ने अपने पूरबी खलासी को आवाज़ देते हुए कहा, "ऐ, सखोई! बंदरिया के नंदोई।''

एक काला भुजंग आदमी जिसकी आंखें मशाल की तरह जल रही थीं और यूं मालूम होता था जैसे अंधे कुएं पर वही लटक रहा था और यूं भी

लंगूर बंदरिया का नंदोई होता है—सखोई लैम्प-रूम से हाथ में मिट्टी का तेल और राख से अटा हुआ एक चीथड़ा लिए हुए आ खड़ा हुआ और बोला, "हुकुम सरकार!"

"देखो, लाला की गठरी उठा लो, फेंक दो इस चीथड़े को।"

सखोई ने उसके सामान की गठरी उठा ली। उसके दुखों की गठरी मानो माधोलाल ने उठा ली थी और जयराम स्वयं को कुछ हलका-सा अनुभव करता हुआ साथ हो लिया। रास्ते में बहुत देर तक चुप्पी रही। कभी-कभी अंधेरे में पत्थरों से ठोकर खाने पर 'ओह' की आवाज़ उत्पन्न होती। आख़िर जयराम बोला, "वास्तव में मेरा मन संसार से बहुत उचाट है, बावरे, बहुत उचाट। इसलिए मैं इधर भाग आया हूं। मैंने बहुत धन नष्ट किया है, लेकिन कुछ बन नहीं सका। मेरे स्वभाव में कुछ ऐसे दोष उत्पन्न हो गए हैं, जिन्हें मैं कोशिश करने पर भी ठीक नहीं कर सका।"

माधोलाल सुनता गया। जयराम बोलता गया, "एक पवित्र ग्रंथ में लिखा है कि अनगिनत यौवन हैं जो प्रेम के बिना मुझ जाते हैं। और वास्तव में मेरे स्वभाव, मेरी अनियमितता, मेरे नशे—सबका कारण यही है कि मेरे साथ किसी ने प्रेम नहीं किया। मैं नहीं जानता, आज तक नहीं जानता, प्रेम किसे कहते हैं, करतारपुर में तीस साल पहले एक घटना हुई थी। एक नौजवान लड़की मेरी ओर देखकर मुस्कुराई थी, लेकिन छोड़ो इस बात को बावरे, अब तक तो वह आठ-दस बच्चों की मां भी बन चुकी होगी और क्या मालूम, अब वह करतारपुर में हो ही नहीं।"

उस निस्सीम अंधकार में कुछ रेखाएं उभरने लगीं और सखोई स्वयं ही एक जगह पर जाकर रुक गया। यह कमरा पत्थरों से बने हुए एक सुंदर क्वार्टर का बेकार भाग, परिशिष्टमात्र था, जिसका एक दरवाज़ा गायब था। दूसरा दरवाज़ा खुलने पर सीलन और मिट्टी की दुर्गंध बाहर लपकी। इस कमरे का दूसरा दरवाज़ा स्टेशन मास्टर के क्वार्टर में खुलता था और एक छिद्र में से

प्रकाश की एक घुटी हुई किरण दरवाज़े के पास मिट्टी के परमाणुओं को तैरता हुआ दिखा रही थी। दूसरी ओर से बावरे की नौजवान लड़कियों की गुटर-गूं भी सुनाई दे रही थी। कमरे के एक ओर पयाल बिछी हुई थी। यहां माधोलाल अपनी गाय बांधा करता था जो इन दिनों ब्याने के लिए भेज दी गई थी। सखोई ने संकेत पाकर जयराम का बिस्तर पयाल पर पटक दिया और जयराम बिस्तर खोलने लगा।

जयराम के हृदय को ठेस लगी। काश, उसे भी घर ही का एक प्राणी समझा जाता और घर में ही किसी नरम-गरम कोने में उसे जगह दी जाती, लेकिन आतिथ्य भी पद के तलुवे चाटता है और वह चुप रहा। थोड़ी देर बाद खाना और खाट आ गई। जयराम को अपनी हालत पर दया आने लगी। उसके मस्तिष्क में महानता थी, जिसने पयाल के संसार का शून्य पाट दिया था। बावरे ने भी खाना खाया और डकार लेते हुए बोला, "बस, दाल-फुलका ही है", जिसका मतलब था कि आतिथ्य की बार-बार चर्चा की जाए और धन्यवाद भी लिया जाए, लेकिन प्रशंसा आदि के सम्बंध में जयराम किसी लालच से प्रभावित नहीं होता था। बावरा और भी नम्रतापूर्वक बोला, "बस, तुम्हारे पैरों को बलिहारी, भगवान् ने सभी-कुछ दिया है। दूध है, पूत है, भाग्यवान् पत्नी है..."

जयराम के लिए यह बात आनंददायक नहीं हो सकती थी। उसे जीवन में ये सब न्यामतें या तो सिर से प्राप्त ही न हुई थीं और जो हुई तो वे धोखा दे गईं। वह दूसरों की ख़ुशी में ख़ुश नहीं हो सकता था। यह उसके बस की बात नहीं थी। उसने डिबिया निकालकर कुछ फांका और अपनी बेचैनी को दूर करने के लिए बात बदलते हुए बोला,

"कुछ कार-व्यापार की कहो, बावरे।" माधोलाल यदि ऋणी होता तो उसके मन को एक प्रकार का संतोष मिलता, लेकिन माधोलाल बोला, "मैं यहां ए क्लास का स्टेशन मास्टर हूं, कुछ महीनों में बी क्लास का हो

जाऊंगा और एक बड़ा जंक्शन स्टेशन मिलेगा। यहां क़रीब के दो-एक स्टेशन के लिए कोशिश कर रहा हूं, जहां से पूरे पंजाब में स्लीपर जाते हैं और मूंगफली। एक स्लीपर पर चार आने और एक बोरी मूंगफली पर दो आने मिलते हैं।"

जयराम ने घबराकर बात काट दी, "अभी तुम्हारी नौकरी काफ़ी होगी?"

माधोलाल बोला, "अभी बहुत काफ़ी है। मुझे आशा है कि रिटायर होने से पहले ज़रूर सी क्लास के स्टेशन पर स्टेशन मास्टर हो जाऊंगा।"

उसके बाद माधोलाल उठकर चला गया। जयराम की भी यही इच्छा थी। वह पहले ही अपना मुंह छिपाने के लिए बिस्तर टटोल रहा था। सोने की कोशिश के बावजूद जयराम को नींद न आई। उसे माधोलाल से ईर्ष्या उत्पन्न हो गई थी। उसे अपना संसार उस लता-सा दीखने लगा जो बड़ के एक बड़े वृक्ष पर चढ़ती है, बढती है, लेकिन पुरवा या पछवा के पहले ही झोंके में सड़ जाती है।

गीली पयाल की सड़ांध से जयराम बहुत परेशान हुआ। सवेरे ज़रा आंख लगी तो मुर्ग़ियों की गुटर-गूं ने जगा दिया। जयराम उठा और दरवाज़े के निकट खड़े होकर उसने बाहर झांका। दूर क्रेन पत्थरों का दाना-दुनका चुग रहा था और उसके चारों ओर मज़दूर यों चिमटे हुए थे जैसे हड्डी के चारों ओर चींटियां चिमट जाती हैं। कुछ बंदर घने पीपल से मुसाफ़िरख़ाने की छत पर उतर आए थे और उसे डॉक्टर वारनाफ की अनुसंधानशाला बना दिया था। नीचे मुसाफ़िर स्टेशन के भीतर घुसने के लिए एक-दूसरे से उलझ रहे थे। कोई विशेष भीड़ नहीं थी, परंतु यह हलचल मुसाफ़िरों के जीवन का एक आवश्यक अंग है। माधोलाल के सामने ही किसी ने एक गंवार को धक्का देकर लातें और घूंसे जड़े, लेकिन वह व्यक्ति फिर से साफ़ा बांध, आंखें झपकाता हुआ, उसी स्थान पर आ खड़ा हुआ, जैसे कुछ हुआ ही नहीं था...।

जयराम के मस्तिष्क में एक बार फिर बावरे का संतुष्ट संसार और उसका सुनहला भविष्य उभर आया। एकदम घुटन-सी महसूस करते हुए जयराम उठा और अपने कपड़े-लत्ते समेट बाहर निकल आया। इस जल्दी में उसने अपने मेज़बान का धन्यवाद तक करने की प्रतीक्षा न की।

बाहर निकलकर वह कुछ गंदे लेकिन स्वस्थ पिट्ठुओं के पास पहुंचा और बोला, "क्यों भई, ठठर चलोगे?"

पांच-छः पिट्ठू जयराम के बोझ के लिए दौड़े और फिर एक साथ उस पर हाथ डालते हुए आपस में लड़ने लगे, लेकिन एक और व्यक्ति ठठर जाने के लिए दिखाई दिया तो सब-के-सब जयराम का बोझा रखकर उसकी ओर भागे और फिर वहां भी वही हाथापाई शुरू हो गई। जयराम पिट्ठुओं की इस हरकत से यह अनुमान न लगा सका कि क्यों उसकी गठरी पहले थामी और फिर एकाएक फेंक दी गई। थोड़ी देर बाद उसे कारण का पता चला। पिट्ठू अकेले ही दो मुसाफ़िरों का बोझा उठाना चाहते थे। एक शारीरिक शक्ति में सबसे तगड़ा था, दूसरे मुसाफ़िर की गठरी लेकर जब वह जयराम के बोझ के लिए लपका तो जयराम ने ललकारा, "ख़बरदार! अगर किसी ने इसे हाथ लगाया तो...!"

सब-के-सब इस विचित्र व्यक्ति की ओर देखने लगे जो अब गठरी पर धरना मारे मुंह से गंदी गालियां मिनमिना रहा था। दूसरा मुसाफ़िर जानता था कि जब तक पिट्ठू दूसरे के बोझे से लद नहीं जाएगा, यहां से नहीं हिलेगा। उसने जयराम को सम्बोधित करते हुए कहा, "लाला, दे दो बोझा अपना, देते क्यों नहीं? आओ चलें।"

जयराम ने उस नए मुसाफ़िर की ओर क्रोध-भरी नज़रें उठाईं और फिर यह जानकर कि यह मेरे ही गांव का आदमी है, चुप हो गया, अन्यथा झपट हो जाती। नया मुसाफ़िर जिगर का रोगी था। उसकी आंखों के नीचे बड़े-बड़े थैले थे और आंखों के भीतर कुकरों की सुर्ख़ी दिखाई देती थी। कुकरों की खुजली से मुक्ति पाने के लिए वह बार-बार अपने बेहद गंदे कोट के कफ़ों को

बारी-बारी आंखों पर रगड़ रहा था। होंठ विसूरकर और आंखें फैलाकर वह फिर बोला, "चलो ना, थूक दो गुस्सा।"

जयराम ने कहा, "लाला, अगर आदमी हो तो इन बंदरों को सबक सिखाने के लिए बोझा यहां रख दो, फिर एक साथ चलेंगे।"

लाला ने मान लिया और दोनों इकट्ठे बैठ गए। जयराम बोला, "ठठर में तुम्हारा कौन होता है?"

"मैं बीस साल से ठठर में रहता हूं। हालांकि जेजों में मेरे तीन मकान हैं, जिनका किराया आता है, फिर भी मैं ठठर में रहना पसंद करता हूं। वहां का पानी आंखों के लिए अच्छा है... ।"

"क्या काम करते हो?"

"अमावट बेचता हूं। जब आमों की फसल होती है, तो सैकड़ों मन आम एक बड़े अहाते में राफों पर बिछा दिए जाते हैं। पिट्ठू लोग पांव धोकर उसमें घूमते हैं और अपने पांव से उनका मलीदा बना देते हैं और फिर उस मलीदे को साफ़ करके और सुखाकर अमावट बनाया जाता है।"

जयराम ने दूर इंजन को पानी पीकर ठोकर के निकट पहुंचते देखा। उसे ख़याल आया कि इंजन ठोकर से टकराकर या तो स्वयं उलट जाएगा और नहीं तो ठोकर के टुकड़े-टुकड़े कर देगा। जयराम का अंदर का सांस अंदर और बाहर का बाहर रुक गया और वह अपनी गठरी पर से उठकर लकड़ी के सहारे खड़ा हो गया और इंजन की ओर देखने लगा। ठोकर के निकट इंजन के खड़े हो जाने से जयराम ने संतोष की सांस ली और वापस अपने बोझे पर बैठते हुए बोला, "अमावट का व्यापार करने वाले तुम्हारे सब लोगों को जानता हूं..."

"कैसे जानते हो?" लाला ने फिर कफ़ों से आंखें मलते हुए पूछा।

"मैं ठठर ही का रहने वाला हूं! आतो खुट का बेटा, छोटा और बड़ा भाई पागलख़ाने में हैं।"

लाला उठ खड़ा हुआ और खुट के बेटे से ज़ोर-ज़ोर से हाथ मिलाने लगा। कुछ क्षणों तक दोनों एक-दूसरे की ओर देखते रहे और मुस्कुराते रहे। लाला अपना सिर भी धीरे-धीरे हिलाता रहा, मानो उसे किसी मानसिक समस्या का हल मिल रहा हो। जयराम ने चुप्पी को भंग करते हुए कहा, "लेकिन लाला, तुम्हारे ख़ानदान के सब लोगों में अमावट की तुर्शी होती है, लेकिन तुममें तो तुर्शी नाम को नहीं।"

लाला हंस दिया। जयराम ने जेब में से एक थैली निकाली और उसमें से तम्बाकू निकालकर हथेली पर मसला और फांक गया। इतने में सूरज निकल आया। धुंध के कारण सूरज अपनी तीव्र चमक खोकर कांसे का एक थाल दिखाई दे रहा था। लाला की रुग्ण आंखों के लिए यह प्रकाश भी अधिक था। उसने माथे पर हाथ रख लिया और जयराम के कुरेदने पर बोला, "घी और अमावट के सब व्यापारी गंदे रहते हैं। उनके आस-पास चारों ओर मक्खियां भिनभिनाती रही हैं, यह ठीक है, लेकिन इस अमावट की बदौलत मैंने तीन-चार मकान बना लिए हैं और यहां से कई मन अमावट हर साल शहर लाहौर को ले जाता हूं। कल ही वापस जाकर तीन बीस कम दो हज़ार की वसूली करने जा रहा हूं।"

जयराम ने एकदम लाला की बातों में दिलचस्पी ख़त्म कर दी और ठर जाने का इरादा छोड़ दिया और बोला, "लाहौर?...लाहौर बहुत बड़ा शहर है। वहां सब-कुछ बिक जाता है। अमावट, गंदगी सभी-कुछ बिक जाता है।"

पिट्ठू कुछ दूर खड़े बेचैनी से उन दोनों की बातें सुन रहे थे। कुछ निराश होकर चले गए और कुछ अपने टोकरों के सहारे खड़े रहे। दूर से एक और सवारी दिखाई दी और सबके सब उसकी ओर लपके। जयराम ने सिर हिलाते हुए कहा, "चच, चच, लाला, तुम बहुत धनी हो गए हो; लेकिन धन का लाभ ही क्या है? तुम्हारा अपना पहरावा, यह देखो! कमाई तो बाज़ारू औरतों की

भी बहुत होती है, लेकिन पेशे-पेशे में फ़र्क है ना..."

लाला ने आंखों पर हाथ से रोक बनाते हुए इस बात की पुष्टि की कि यह आतो खुट का बेटा बोल रहा है और फिर अपने कपड़ों की ओर देखते हुए बोला, "तुम चाहते हो, तुम्हें सारी भी मिले और चुपड़ी भी, ये दोनों बातें असम्भव हैं।"

इसी बीच में एक पिट्ठू तीसरे ग्राहक से भी निराश होकर लौटा। लाला ने जल्दी से उसे अपना बोझा उठवा दिया। कुछ दूर जाकर, तनिक रुककर वह पीछे की ओर घूमा और एक पूरा पंजा और एक उंगली दिखाते हुए बोला, "इस फसल में छः सौ मन अमावट शहर ले जाऊंगा; हो सका तो एक हज़ार..." और एक हज़ार कहते हुए उसने अपने दोनों पंजे पूरी तरह फैला दिए। वह फिर घाटी की ओर बढ़ने लगा। जयराम उसके गायब होने तक लाला का बाज़ू कभी एक ओर से नीचे और कभी दूसरी ओर से ऊपर होते हुए देखता रहा और मुंह में कुछ बड़बड़ाता रहा, यहां तक कि लाला एक चट्टान के पीछे ओझल हो गया।

उस समय इंजन वापस लाइनों के जाल में उलझने के लिए जेजों दोआबा टर्मिनल छोड़ने के लिए तैयार था। वह उस ओर मुंह किए खड़ा था, जिधर सैकड़ों जंक्शन स्टेशन और सी क्लास के स्टेशन मास्टर थे और हर साल हज़ारों मन अमावट की खपत थी। इंजन एक ख़ुश बिल्ली की तरह खुर-खुर कर रहा था। उसका स्वर कभी ऊंचा और कभी मद्धिम हो जाता। कभी एक ऊंची सीटी बाजार में खेलनेवाले बच्चों को डरा देती या खलासियों, सिगनलमैनों के निडर बच्चे इंजन की नकल में सीटियां बजाने लगते और एक-दूसरे की क़मीज़ पकड़कर एक हाथ को आगे-पीछे चलाते हुए चलने लगते।

जयराम ने इस परेशानी की हालत में गठरी उठाई और मुसाफ़िरख़ाने की ओर चल दिया। संसार कितना विस्तृत और असीम था! लेकिन उस

पर उसकी दया कितनी सीमित हो गई थी! मुसाफ़िरख़ाने में भीड़ छंट रही थी। कुछ देर बाद एक सजीला युवक सामने आया और बोला, "मैं टिकट लेना चाहता हूं, बूढ़े, क्या मेरे इस अटैची और बिस्तर का ध्यान रखोगे?"

जयराम ने उस सुंदर छोकरे की ओर देखा और इससे पहले कि वह हामी भरे, युवक अपना सामान रखकर जा चुका था। जयराम एक ताबेदार सेवक की तरह उन चीज़ों के पास खड़ा हो गया। वह युवक कुछ समय के बाद टिकट लेकर लौटा और जयराम ने पूछा, "साहब बहादुर, किधर जा रहे हैं, आप?"

युवक ने यह उपाधि पसंद की और प्रसन्न होकर एक सिगरेट सुलगाई। एक अदा से दियासलाई बुझाकर पांव तले मसलते हुए वह लगभग पूरे का पूरा घूम गया और बोला, "मैं बहुत दूर जा रहा हूं, बहुत दूर।"

"दूर?"

"हां दूर...तुम्हारी कल्पना से भी परे...!"

"क्या सानफ्रांसिस्को जा रहे हो आख़िर ?"

युवक ने आश्चर्य से जयराम की ओर देखा और मन ही मन में बूढ़े के भौगोलिक ज्ञान से प्रभावित होते हुए बोला, "बम्बई जा रहा हूं, बाबा!"

'बम्बई? है तो दूर ही।' जयराम सोचते हुए बोला, "सैर करने का इरादा है ?"

"मैं एक फ़िल्म कम्पनी में एक्टर भरती कर लिया गया हूं, बाबा, अभी मुझे विलेन का पार्ट मिला है। विलेन समझते हो ना? वह छोकरा जो प्रेमी और प्रेमिका के बीच अड़चन बन जाता है और जिसकी लातों और घूंसों से मरम्मत होती है, लेकिन मुझे इन लातों और घूंसों की कोई परवाह नहीं। विलेन के बाद अगला कदम हीरो है, हीरो! मैं कुछ बनूंगा बाबा! तुम्हारा आशीर्वाद चाहिए।"

जयराम ने आशीर्वाद का एक शब्द भी मुंह से न निकाला, उसकी आंखों में भय छा गया। उसने जंगला पकड़ने के लिए हाथ बढ़ाया। वह कांप रहा था। नौजवान ने अपना अटैची, ट्रंक और बिस्तर एक पिट्ठू से उठवाया और फ़ाटक के पीछे ग़ायब हो गया। कुछ देर बाद पुल पर उसकी टांगें चलती हुई दिखाई दीं। जयराम कुछ क्षणों तक अवाक्-सा खड़ा रहा, फिर एकाएक किसी विचार के आ जाने से उसका चेहरा प्रफुल्लित हो उठा। उसी समय गाड़ी छूटने की घंटी बजी। जयराम भागा और टिकट घर के सामने जा खड़ा हुआ और बहुत-से पैसे निकालकर खिड़की में बिखेर दिए।

"किधर जाओगे, बूढ़े?"

"करतारपुर...करतारपुर..." जयराम ने दोहराया और गाड़ी छूटने से कुछ ही क्षण पहले गाड़ी पर सवार हो गया। उस समय, जब ठोकरें, वह अकेली क्रेन और बैजू बावरा उसकी नज़रों से ओझल हुए; उसे जीवन काफ़ी मनोरंजक दिखाई देने लगा...

मुमताज़ मुफ्ती

जन्म : 1906 में बटाला, ज़िला—गुरदासपुर में। पहले स्कूल और फिर कॉलेज से कभी दिलचस्पी न हुई, क्योंकि वहां आंखों के इतने जोड़े उनकी ओर उठते थे कि वह परेशान हो जाते थे और चूंकि घर में भी उनक़े व्यक्तित्व को स्वीकार न किया जाता था, इसलिए उलझन, परेशानी और फिर सोच-विचार ने अपनी आयु की अपेक्षा अधिक प्रौढ़ बना दिया।

सन् 1929 में डिग्री प्राप्त करने के बाद शॉर्टहैंड और टाइप सीखा, लेकिन उन दिनों ऐसा मालूम होता था कि किसी पुरुष स्टेनोग्राफ़र की कहीं मांग न थी। विवश होकर ट्रेनिंग लेकर अध्यापक बनना पड़ा। कुछ समय तक विभिन्न विद्यालयों में पढ़ाते रहे।

सन् 1934 में नून.मीम. राशिद ने लिखने के लिए प्रेरित किया। पहले दो लेख *नख़्लिस्तान* में छपे और फिर 1936 में पहली कहानी *झुकी-झुकी आंखें* शीर्षक से *अदबी दुनिया* में प्रकाशित हुई। कहानी-संग्रह *चुप*, *गुब्बारे*, *गहमागहमी*, *अनकही* और *इस्मारायें* काफ़ी प्रसिद्ध हुए।

माथे का तिल

आ गया, भाभी!" सईद ने कमरे में प्रवेश करते हुए कहा, "सलाम अलेकुम! तबीयत तो अच्छी है ना?"

"ओह! तुम हो सईद", भाभी ने नज़रें उठाकर कहा, "कैसे आए हो?"

"बस, आ गया हूं। दो दिन की छुट्टियां थीं, मैंने कहा चलो भाभी से मिल आऊ। भाई साहब कहां हैं?"

"दफ्तर गए हैं। कहो, ख़ाला का क्या हाल है?"

"बहुत-बहुत प्यार देती थीं, कहती थीं, किसी दिन हम सब मिलने को आएंगे।"

"वहां कोई तकलीफ़ तो नहीं होती तुम्हें?"

"तकलीफ़? ओह क्या बताऊं, भाभी! बड़ी तकलीफ़ हुई मुझे।" सईद दीवार की ओर मुंह करके मुस्कुरा दिया।

भाभी मशीन चलाते-चलाते रुक गई, "तकलीफ़ है, तो वहां रहने की क्या ज़रूरत है? वापस बोर्डिंग में चले जाओ। मैं तो पहले ही कहती थी कि उनके घर में इतने लोग हैं और इतना-सा मकान, फिर तुम्हारा आख़िरी साल हुआ।

तुम्हें एक अलग कमरा चाहिए।”

“अजीब मुसीबत है!'' सईद ने मुंह फुलाकर कहा और एक ठंडी सांस भरी।

“आख़िर हुआ क्या? मैं भी तो सुनूं।”

“नहीं, तुम ख़फ़ा होओगी।”

तुम कहो तो।”

“वचन दो कि तुम नाराज़ नहीं होगी।”

“हां, अब बताओ।”

वह उठ बैठा और बड़ी अधीरता से इधर-उधर घूमने लगा, यानी बिल्कुल ही बता दूं, क्यों भाभी?”

कुछ बताओगे भी या नहीं? कैसी अजीब आदत है तुम्हारी!” भाभी चिढ़कर बोली।

“कह तो रहा हूं, तुम ख़ामाख़्वाह नाराज़ होती हो। मुझ जैसे हुक्म बजा लाने वाले से नाराज़ होना...! अच्छी भाभी, बात यह है,...यानी मुझे...अपनी होने वाली बीवी मिल गई है।”

“क्या कहा, कौन मिल गई है?”

मेरी बीवी, यानी मुझ पर हुकूमत करने वाली।”

बस, तुम्हें तो हर धड़ी मज़ाक़ ही सूझता है।' भाभी मुस्कुराते हुए बोली।

“ईमान से भाभी, मज़ाक़ नहीं। तुम्हारी क़सम।”

“कौन है वह?”

“तसलीम!” सईद ने झुककर सलाम करते हुए कहा।

“कौन तसलीम? ख़ाला की लड़की? पर यह भी जानते हो कि ख़ाला ने सुन लिया, तो जूते मार-मारकर घर से निकाल देंगी?''

"तभी तो कहता हूं, अजीब मुसीबत है।"

"पर वह तो अभी बच्ची है; जब मैंने उसे देखा था, बिल्कुल छोटी-सी थी।"

"अब तो वह बहुत बड़ी हो गई है। बस, तुम्हारे ही जितना क़द होगा। जब मैं नया-नया वहां गया, तो एक अजीब घटना घटी। पहले-पहल तो मैं साधारणतया बैठक ही में रहता था। हां, छोटा मानी और जाजी अक्सर मेरे पास आ जाया करते थे। मानी तो दो दिन में ही मेरा दोस्त बन गया। बड़ा तेज़ लड़का है वह। दूसरे दिन ख़ाला आ गईं। कहने लगीं" चलो बेटा, अंदर चलो ना। तुम तो बैठक ही के हो रहे। तुम्हारा अपना घर है। तुमसे क्या पर्दा करेगा कोई?' उस दिन तो मैं पांच-चार मिनट अंदर बैठा, फिर बाहर आ गया, लेकिन अगले दिन ख़ाला ने फिर मुझे बुला भेजा। किछू, मानी और जाजी भी आ गए। ख़ाला भी बैठी रहीं। बड़ी बातें हुईं उस दिन, फिर जब मैं बैठक की ओर जा रहा था, तो वह मेज़ के पास खड़ी बाल बना रही थी। बिल्कुल इसी तरह, ज़रा-सी बाईं ओर को झुकी हुई। ऐसे ही लम्बे-भूरे बाल तुम्हारे जैसे। ख़ुदा की क़सम, मैं तो चकित रह गया। मैं समझा शायद भाभी आ गई हैं और जैसे मेरी आदत है, मैंने निकट जाकर कहा, "आख़िर हमने पहचान ही लिया ना, क्यों भाभी?' उसने जो पलटकर देखा, तो मैं खड़े का खड़ा रह गया। वह तो ख़ैरियत हुई कि उस समय कमरे में कोई नहीं था, नहीं तो बुरा होता, पर भाभी, हैरत है कि उसकी शक्ल बिल्कुल ही तुम्हारे जैसी है। ऐसा ही चौड़ा माथा...और...और यानी बिल्कुल ही तुम्हारे जैसी। बस, इतना अंतर है कि तुम्हारे माथे पर काला तिल है, उसके माथे पर नहीं। बाक़ी हू-ब-हू तुम ही हो!''

बड़ी गप्पें हांकनी आती हैं तुम्हें ! छोड़ो अब ये कहानियां, जाकर नहा लो। मालूम होता है कि सफ़र की थकान से तुम्हारा दिमाग ठिकाने नहीं रहा।"

"ओह, भाभी! तुम तो बस, मेरी हर बात को मज़ाक़ ही समझती हो।"
भाभी चुपचाप मशीन चलाती रही।

"अब तो मेरी बस एक ही ख़्वाहिश है, भाभी! दुनिया में एक तुम ही हो जिसके लिए मेरे दिल में इज़्ज़त है और एक वह है जिससे मुझे 'वह' है। केवल यह ख़्वाहिश है कि तुम, मैं और वह इकट्ठे रहें।"

"तुम और वह तो हुए ना...मेरा नाम ख़ामाख़्वाह!" भाभी मुस्कुराते हुए बोली।

"तुम बड़ी वह हो, भाभी, जो मुझे सताती रहती हो। देखो ना, तुम्हें छोड़कर मेरा कौन है! अम्मा तो मैंने देखी नहीं, छोटा-सा तो था उन दिनों। बस, तुम ही तुम हो, और है ही कौन! मुझे याद है जब तुम नई-नई आई थीं और मुझे गोद में बिठाकर सिर पर हाथ फेरा था, फिर प्रायः रात को जब तुम मुझ पर लिहाफ़ डालने के लिए झुकती थीं तो मेरी आंखें खुल जाया करती थीं। आंखें खोलता, तो तुम्हारा बड़ा-सा चेहरा और चौड़ा-सा माथा और उसके बीच में काला-सा तिल दिखाई देता। वह नक़्शा अब भी मेरी आंखों में घूमता है, जैसे दिल पर खुद गया हो। क्यों भाभी, याद हैं तुम्हें वे दिन?"

"हां, याद हैं। उन दिनों तुम इतने-से थे, लेकिन अब तो एकदम इतने बड़े हो गए हो।"

पर तुम्हारे लिए तो इतना-सा ही हूं।"

"अब तो बड़े शैतान हो गए हो तुम!"

यह क्या नई बात है, बच्चे तो होते ही शैतान हैं। क्यों भाभी, है ना यह बात?"

अच्छा छोड़ो उन दिनों को। जाओ, जाकर नहा लो, देखो जब से आए हो ज़रा-सा भी काम नहीं करने दिया तुमने।"

अच्छा भाभी, जैसे तुम कहो।' सईद ने भाभी को एक फ़ौजी सलाम किया और फिर साथ के कमरे में जाकर कपड़े बदलने लगा। कपड़े बदलकर

वह वहीं से चीख़ने लगा, "एक बात याद आ गई, सुनाऊं, भाभी? बड़े मज़े की बात है।"

"क्या है?" भाभी ने मशीन चलाते हुए कोई विशेष ध्यान दिए बिना कहा। सईद दरवाज़े की चौखट पर आ बैठा।

"एक दिन मेरी तबीयत ख़राब थी, इसलिए मैं चादर लपेटकर बरामदे में सो गया। शायद उसने समझा कि ख़ालू साहब पड़े हैं। शायद ख़ाला ने कुछ कहने को भेजा हो उसे। बस, वह आई, झुककर मेरे चेहरे पर से चादर हटाई, मेरी आंख खुल गई। उसका बड़ा-सा चेहरा अपने ऊपर झुका हुआ देखकर एकदम मेरे मुंह से निकला, "क्यों भाभी?" और मैं उठकर बैठ गया। इस बात पर बड़ा मज़ा रहा। उसका मुंह लाल हो गया और वह भागी। उधर ख़ाला ने सुना तो हंस-हंसकर लोट-पोट हो गईं। अंदर मानी चीख़ने लगा, 'अम्मा, देखो तो बाजी को क्या हुआ है! आलमारी में मुंह डालकर आप ही आप हंस रही है। ज़रूर मेरा गेंद छिपा दिया होगा इसने।' कीछू भागी-भागी मेरे पास आई...एक अजीबोग़रीब ढंग से गाती हुई। फिर हाथ फैलाकर घूमने लगी 'बहुत बुरी हुई भाई जान से। ख़ाला तो हंसी के मारे मुंह में पल्लू ठूंस रही थीं। सचमुच बड़ी बुरी बात हुई हमसे उस दिन।"

"अच्छा, अब बातें ही बनाते रहोगे, या नहाओगे भी?" भाभी अपने माथे पर एक न घूरने वाली त्योरी चढ़ाकर बोली।

अच्छा, तो लो चले जाते हैं हम।" और वह 'गैर के पांव पड़ गया बेख़ुदी-ए-नियाज़ में गुनगुनाता हुआ नहाने चला गया।

भाभी काम करते हुए आप ही आप कहने लगी, "मैं कहती हूं, तसलीम की तो सगाई भी हो चुकी है। न जाने मैंने कहां से सुना था।" और उसने ज़ोर से सईद को आवाज़ दी, "सईद !"

मुझसे कहा है कुछ?" सईद ने गुसलख़ाने से शोर मचाया।

कह रही हूं कि तसलीम की तो मंगनी भी हो चुकी है।"

सच?" सईद ने घबराकर पूछा, "नहीं, मुझे बना रही हो, भाभी?''

"ईमान से, सच कहती हूं। जाने किसने बताया था मुझे। हां, तुम्हारे भाई कह रहे थे, जब वे बम्बई से आए थे। उन दिनों ख़ाला-ख़ालू साहब बम्बई में काम करते थे ना और तुम्हारे भाई उन्हीं के यहां रहते थे।''

"मुझे तो मालूम नहीं। मुझसे तो उन्होंने यह बात नहीं की।"

"शायद फिर बात बनी ही न हो। हमने भी उड़ती-उड़ती-सी सुनी थी।''

मैं जानता हूँ", सईद हंसते हुए कहने लगा, "तुम बड़ी 'वह' हो भाभी।''

"बड़े शरारती हो गए हो तुम! आ जाएं तुम्हारे भाई, उनसे कहकर पिटवाऊंगी।"

"ओह, वे अवश्य मानेंगे तुम्हारी बात!"

उन्हें बताऊंगी ना", उसने मुस्कुराते हुए कहा, "कि छोटे मियां लाहौर में एक अपनी 'वह' बना आए हैं!"

"ख़ुदा के लिए यह न कहना उनसे। बड़ी अच्छी है भाभी हमारी।"

सईद नहाते हुए भाभी की मिन्नतें कर रहा था और वह चुपचाप बैठी मुस्कुराती रही।

नहाकर वह सीधा भाभी के पास आया, "बड़ी अच्छी है हमारी भाभी। ज़रा रोब गांठती है, वैसे बड़ी अच्छी है।"

"ऊंहूं, मैं तो जरूर कहूंगी, उनसे।" भाभी ने मुंह फुलाकर कहा।

"नहीं, ख़ुदा के लिए...' सईद हाथ जोड़कर खड़ा हो गया।

वह हंस पड़ी, "यह लड़का तो अपने-आप से भी जाता रहा।"

"यही तो मुसीबत है।'' सईद ने सिर पर हाथ फेरते हुए कहा।

लेकिन सईद, उसे भी पता है या सिर्फ़ तुम ही मजनूं हो रहे हो?"

"तुम्हें क्या पता भाभी, कि उसे क्या मालूम है...बस, न पूछो!" वह उठकर बेचैनी से इधर-उधर टहलने लगा।

"मैं भी तो सुनूं?" भाभी मशीन चलाते हुए बोली।

"अच्छा, सुनो, कल ही की बात है", उसने भाभी के सामने बैठते हुए कहा, "मेरे जी में आया कि कोई शरारत करूं। वह बाहर धूप में बैठी पढ़ रही थी। जाजी और मानी भी पास बैठे थे। कीछू कुछ बुन रही थी और ख़ाला अंदर बरामदे में तख़्त पर बैठी नमाज़ पढ़ रही थीं। मैंने तवे की स्याही उंगली पर लगाई और उसके पास जा खड़ा हुआ। 'यह तुम्हारे माथे पर क्या लगा है?' मैंने कहा और इससे पहले कि वह कुछ कहती, मैंने उसे पोंछने के बहाने उसके माथे के बीच में उंगली से काला टीका लगा दिया। वह देखकर मानी चिल्लाया, 'बाजी हिंदू, बाजी हिंदू!' कीछू और जाजी हंसने लगे। बाहर आकर मैं दरवाज़े से देखता रहा। ख़ाला ने नमाज़ से निबट उसकी तरफ़ देखा और लगीं मुस्कुराने, फिर मानी को डांटकर बोलीं, 'क्या शोर मचाया है तुमने?'

"मानी बोला, "अम्मा, देखो तो बाजी के माथे पर!'

"क्या है उसके माथे पर?' खाला ने मुंह फुलाकर कहा, 'कुछ भी तो नहीं है बेकार...'

"फिर शाम को जो मैं अंदर गया, तो वह बैठी रोटियां पका रही थी। उसने मेरी तरफ़ देखा और मुस्कुराकर आंखें नीची कर लीं। माथे पर वह काला टीका ज्यों का त्यों लगा था। इतने में मानी दौड़ता हुआ आया, भाई जान, मुझे भी हिंदू बनाओ, मैं भी हिंदू बनूंगा।'

'हिंदू बनाऊं?' मैंने बनावटी आश्चर्य से कहा, 'वह कैसे?'

"वह माथे पर उंगली रखकर कहने लगा, 'यहां लगा दो वह, जैसे बाजी को लगाया था।

उसने नीची नज़रों से घूरकर मानी की तरफ़ देखा और फिर आंखें झुकाकर यों बैठ गई कि टीका साफ़ दिखाई दे। उस रोज़ वह सारा दिन वैसे ही फिरती रही। सारे घरवाले उस पर हंसते रहे, लेकिन उसने वह टीका न मिटाया। कैसे मिटाती वह, मेरे हाथ का लगा हुआ टीका।"

रहने दो ये गप्पें। जानती हूं, मैं तुम्हारी बातों को।'

अच्छा, तो और सुनो!'' सईद ने भाभी की बात अनसुनी करके कहा, "एक दिन मानी भागता हुआ आया और कहने लगा, 'भाईजान, बाजी चूड़ियां पहन रही हैं, चूड़ियां।' मैंने वैसे ही मज़ाक़ से मुंह बना दिया, चूड़ियां! आख थू। मैंने कहा, 'चूड़ियां तो गांव की लड़कियां पहनती हैं। मेरा ख़याल है, उसने मेरी बात सुन ली होगी, क्योंकि अगले दिन मैंने उसकी कलाइयां ख़ाली देखीं। यह देखकर मुझे दुःख-सा हुआ। मैंने सोचा, जाने किस चाव से चूड़ियां पहनी होंगी! मुझे अपनी बेवक़ूफ़ी पर बहुत गुस्सा आया। मैंने कीछू से कहा, 'कीछू! तुम चूड़ियां क्यों नहीं पहनतीं...देखो तो, हाथ कैसे ख़ाली-ख़ाली-से हैं।'

" 'कल आई तो थी चूड़ियों वाली', वह बोली, 'बाजी ने पहनी थीं। उसने बहाने-बहाने अपनी कलाइयां छुपा लीं।

" 'फिर?' मैंने कीछू से पूछा।

" 'बाजी को पसंद न आईं वे, इसलिए उतार दीं।'

" 'ओह यह बात है?' मैंने कहा।

" 'मैं तुम्हें ला दूं चूड़ियां? चूड़ियां खरीदने में तो मेरा कोई मुक़ाबला नहीं कर सकता। ऐसी लाकर दूंगा कि बैठी अपने हाथों को देखती रहो। घर में जब भी किसी को मंगवानी होती हैं तो मुझसे ही कहा करते हैं। बस, अपने नाप की चूड़ी दे दो, फिर देखना।'

"अगले दिन जब मैं और मानी बैठक में बातें कर रहे थे, तो मानी चिल्लाने लगा, 'यह देखो भाई जान!' उसने मुझे एक चूड़ी दिखाकर

कहा, 'यह क्या तुम्हारी चूड़ी है?'

"अच्छा भाभी, भला वह किसकी चूड़ी थी?"

"मैं क्या जानू !" भाभी ने काम करते हुए कहा।

"तभी तो बता रहा हूं तुम्हें। यानी कोई वह चूड़ी चुपके से वहां रख गया था, ताकि मैं उस नाप की चूड़ी ला दूं। क्यों भाभी, समझी अब.."

"शायद वह कीछू की हो!" भाभी ने कहा।

"ऊहूं', सईद ने सिर हिलाया, "मैंने कीछू की कलाई से मिलाकर देखा था। उसे बहुत बड़ी थी वह। मैं उसे हर समय अपने पास रखता हूं। अब भी मेरे पास है, दिखाऊं?" वह उठ बैठा और सूटकेस से एक चूड़ी निकालकर भाभी को दिखाकर कहने लगा, "यह देखो, भाभी!"

भाभी उसे हाथ में लेकर कुछ देर तक ध्यान से देखती रही, फिर बोल उठी, "तौबा, कितने झूठे हो! गप्प मारने में कमाल कर दिया है। तुमने। यह चूड़ी तो वह है, जो पिछले महीने मैंने तुम्हें दी थी कि इस नाप की चूड़ियां लेते आना। देखो तो बिल्कुल वही है। तसलीम के तो बहुत ढीली होगी यह। मेरे और उसके हाथ में बहुत अंतर है।"

"कब दी थी मुझे तुमने?" वह हैरान होकर कहने लगा।

"याद नहीं, जब तुम दस दिन की छुट्टियों में आए थे पिछले महीने। हां, बल्कि तुम्हारे भाई ने आप ही कहा था कि लाहौर से चूड़ियां मंगवा लो। याद आया?"

ओह!" सईद ने दांतों तले ज़बान दे ली, "लेकिन भाभी, फिर यह मेरी मेज़ पर कैसे पहुंच गई?"

"किसी बच्चे ने संदूक से निकालकर वहां रख दी होगी।"

"लाहौल-वला-कुव्वत! मैं भी कितना बेवकूफ़ हूं।"

"आज पता चला है तुम्हें?" भाभी ने मुस्कुराते हुए कहा।

"और भाभी, मैं इसे छुपा-छुपाकर रखता था कि कोई देख न ले और..."

"बस, रहने दो ये गप्पें।"

"ख़ुदा की क़सम, सच कहता हूं। एक दिन की बात है कि..."

"न, मैं नहीं सुनती।'' भाभी ने मुस्कुराकर कानों में उंगलियां दे लीं।

"ख़ुदा की क़सम, आज तो बुरी हुई हमसे।" यह कहकर वह उठ बैठा और साथ के कमरे में जाकर सूटकेस में से अपने कपड़े निकालने लगा। क़ाग़जों में से उसने दो तस्वीरें निकालीं और भाभी के पास आकर कहने लगा, "यह देखो, भाभी! मेरे पास उसकी तस्वीर भी है।''

"सच?" भाभी बोली, "देखूं तो।"

"ओह, बहुत बड़ी हो गई है।" भाभी ने तस्वीर की ओर देखते हुए कहा, "तुम तो कहते थे...जाने क्या कहते थे। देखो तो, उसकी तो अपनी ही शक्ल है, लेकिन उसके माथे पर यह काला तिल कैसा है?" भाभी ध्यान से तस्वीर देखते हुए कहने लगी।

"नहीं, उसके माथे पर तिल तो नहीं है।'' सईद बोला।

"तो यह काला-सा क्या है?'' भाभी ने उसे तस्वीर दिखाते हुए पूछा।

"जाने कैसे लग गया है यह, मुझे तो मालूम नहीं। शायद किसी ने लगा दिया हो।"

"आख़िर लगाने ही से लगा होगा न! अपने-आप तो नहीं आ लगा और तुम इसे छिपा-छिपाकर रखते होगे, फिर भला कोई और कैसे लगा सकता है?"

"तुम्हारी क़सम, भाभी, बड़ी सावधानी से रखता हूं इसे। रोज़ सिरहाने रखकर सोता हूं, फिर सुबह-सवेरे ही उठकर देखता हूं!"

"अच्छा तो, अब छोड़ो इन बातों को और इसके माथे पर से यह बिंदी खुरच दो। किसी ने देख लिया तो क्या कहेगा?''

"अभी खुरच देता हूं, भाभी!"

"हां, अभी मेरे सामने, नहीं तो तुम भूल जाओगे और यदि तुम भूल गए, तो मैं नाराज़ हो जाऊंगी।"

"अच्छी भाभी, तुम इतनी-सी बात पर नाराज़ हो जाती हो!"

भाभी सईद के हाथ में एक और तस्वीर देखकर बोली, "यह दूसरी तस्वीर किसकी है?"

"यह है हमारी भाभी की तस्वीर।'

"कौन-सी?''

"वही, जो पिछले साल भाई जान ने खिंचवाई थी।"

"लेकिन यह तुम्हारे पास कैसे जा पहुंची...ओह...! मैं भी सोचती थी कि संदूक में तो मैंने तीन कॉपियां रखी थीं, लेकिन अब वहां सिर्फ़ दो पड़ी हैं। यानी तुमने संदूक में से चुरा ली होगी।"

"कैसे न चुराता। इसके बिना ज़िंदगी अधूरी रह जाती थी ना। बस, एक तुम हो भाभी, जिसके लिए मेरे दिल में बेहद इज़्ज़त है। बस, तुम, मैं और यह।" उसने तसलीम की तस्वीर की तरफ़ इशारा करके कहा, "यह तुम्हारी बहूरानी...तीनों इकट्ठे हों, तो मेरे लिए स्वर्ग हो जाए।"

"अच्छा छोड़ो, इन गप्पों को और तसलीम के माथे का तिल खुरच दो। सुना तुमने?'

"यह लो, अभी जाता हूं।'' उसने एक फ़ौजी सलाम करते हुए कहा और साथ के कमरे में जाकर चाकू ढूंढ़ने लगा।

शाम को जब सईद बाहर घूमने गया हुआ था, तो उसके भाई हमीद दफ़्तर

से वापस आए। मियां-बीवी देर तक बैठे बातें करते रहे। बातों ही बातों में तबस्सुम ने सईद की बात छेड़ दी। कहने लगी, "अल्लाह रखे, सईद अब जवान हो गया है। आपको इसकी भी कुछ चिंता है? अब भी अगर आप इसकी शादी की चिंता न करेंगे, तो कब करेंगे?"

"अभी इसे बी.ए. तो कर लेने दो।" हमीद ने लापरवाही से कहा।

"आख़िर आपकी नज़र में कोई लड़की है भी या नहीं?"

"तुम तो पगली हो, बसमी", हमीद मुस्कुराकर कहने लगा, "आजकल वह समय नहीं रहा कि जिसे जी चाहा लड़के के सिर मढ़ दिया।"

तबस्सुम सुनी-अनसुनी करते हुए बोली, "ख़ाला की लड़की तसलीम के बारे में आपका क्या ख़याल है?"

"तुमसे तो बस...हद है। मुझसे क्या पूछती हो? कोई मेरा ब्याह करना है तुम्हें? पूछो लड़के से। हम तो बस यही चाहते हैं कि कोई इज्ज़तदार घराना हो और बस!"

"तभी तो कह रही हूं। ख़ाला का घर तो जानते ही हैं आप और लड़का भी राज़ी है, बल्कि बातों ही बातों में उसने ख़ुद मुझे बतलाया है

"बस, तो फिर मुझसे पूछने का क्या मतलब? लेकिन हां, तुम्हारी ख़ाला का क्या ख़याल है इस बारे में?

"तभी तो कह रही हूं कि अगर आप हुक्म दें तो एक दिन के लिए लाहौर चली जाऊं और ख़ाला से बात करूं। वैसे भी मुझे उनसे मिले छः साल हो गए हैं। मेरी शादी पर आए थे वो। उसके बाद मिलना ही नहीं हुआ।"

जब सईद ने सुना कि भाभी उसके साथ एक दिन के लिए लाहौर जा रही है, तो वह ख़ुशी से नाचने लगा, "ओह, भाभी! मेरी तो ईद हो जाएगी। हम तीनों एक ही जगह होंगे...तुम, मैं और वह!"

ख़ाला और तबस्सुम बड़े तपाक से मिलीं। मानी तो तबस्सुम के गले का हार हो गया। कीछू भी दिन-भर 'बाजी', 'बाजी' करती फिरी और तसलीम भी आंखों ही आंखों में मुस्कुराती रही, चूंकि सईद भी पास ही बैठा था।

रात को जब ख़ाला और तबस्सुम अकेली बैठी थीं तो तबस्सुम ने सईद की बात छेड़ दी। कहने लगी, "ख़ाला जान! तसलीम के बारे में भी सोचा है आपने? अल्लाह रखे, अब तो जवान हो गई है।"

"मैंने कई बार तुम्हारे ख़ालू साहब से कहा है, पर तुम जानती हो, बेटी, उनका अपना ही मिज़ाज है। कहते हैं, 'लड़की सयानी हो जाए, तो देखा जाएगा। उनका ख़याल है कि लड़की से पूछे बिना यह काम नहीं करना चाहिए। मुझे तो उनकी यह बात अच्छी नहीं लगती। तुम ही बताओ, बेटी, भला मां-बाप लड़की से ऐसी बात पूछते हुए अच्छे लगते हैं क्या? तौबा! हमारे समय में तो यह बहुत बुरी समझी जाती थी। हम तो हुए ना पुराने ज़माने के, बेटी, लेकिन वो तो मेरी बात सुनते ही नहीं।"

इस बारे में एक बात कहूं, ख़ाला जान, अगर तुम बुरा न मानो तो।'

ख़ाला के माथे पर बल पड़ गया, "ऐ लो, मैं क्यों बुरा मानने लगी? तुमसे बढ़कर मुझे कौन प्यारी होगी, बेटी!''

तबस्सुम झेंपकर बोली, "मेरा मतलब है, सईद ख़ुदा की मेहरबानी से जवान है। और इस साल बी.ए. कर लेगा। बड़ा अच्छा लड़का है वह। अगर...आपकी क्या राय है?"

"तो बेटी, वह तो अपना ही लड़का हुआ। मुझे तो इससे बड़ी ख़ुशी होगी। मैं आज तुम्हारे ख़ालू साहब से बात करूंगी। मेरा ख़याल है, उन्हें इस बात में कोई ऐतराज़ नहीं होगा। अपनी लड़की अपने घर में ही रहे, तो अच्छा ही होता है...क्यों, है ना, बेटी?"

अगले दिन ख़ाला हंसते हुए कहने लगीं, "मैंने कहा था ना कि उन्हें ज़रा भी ऐतराज़ नहीं होगा। कहने लगे कि यह तो बड़े मज़े की बात है। हां, अगर तसलीम...बुरा न मानना, बेटी...आजकल की रस्म जो हुई। अब मुसीबत यह है कि तसलीम से मैं तो बात कर नहीं सकती...मुझसे तो न हो सकेगा।"

मैं ख़ुद पूछ लूंगी, ख़ाला जान, आप तसल्ली रखिए।" तबस्सुम ने हंसते हुए कहा।

दोपहर के समय बहाने-बहाने तबस्सुम तसलीम को बैठक में ले गई, लेकिन वह सोच रही थी कि कैसे बात करे। उसकी समझ में न आता था कि क्या कहे। कुछेक मिनट तो वह इधर-उधर की बातें करती रही, फिर उसकी नज़र सईद के बिस्तर पर जा पड़ी। बिस्तर लगा हुआ था और तकिए के नीचे से तस्वीर का एक कोना दिखाई दे रहा था। अचानक उसे वह बात याद आ गई, 'ईमान से भाभी, मैं उसकी तस्वीर बड़ी सावधानी से रखता हूं। रोज़ सिरहाने रखकर सोता हूं और सुबह-सवेरे उठकर देखता हूं...' वह मुस्कुरा पड़ी और कहने लगी, "तसलीम, मेरा एक काम करोगी? बड़ी मुश्किल आन पड़ी है। तुम्हारी कोई सहेली है...जाने क्या नाम है उसका! सईद को उससे बड़ा प्यार है...बहुत ज़्यादा।" उसने मुस्कुराहट दबाते हुए कहा, "हमारा इरादा है कि अब सईद की शादी कर दें, लेकिन मेरा ख़याल है कि उस लड़की के मां-बाप से बात करने से पहले लड़की का मन टटोल लें। अगर उसे स्वीकार हो, तो रिश्ते के लिए बातचीत करें। क्यों तसलीम, है ना ठीक?"

तसलीम का चेहरा पीला पड़ गया।

तबस्सुम मुस्कुराकर बोली, "तुम अगर बातों ही बातों में पूछ लो, तो मेरे दिल से यह परेशानी जाती रहे।"

"मुझे क्या मालूम कि वह कौन है।" तसलीम ने बड़ी कठिनाई से कहा।

"मैं बताती हूं तुम्हें।' तबस्सुम ने हंसते हुए उत्तर दिया, "देखो न, सईद को उस लड़की से इतना प्यार है कि रोज़ उसकी तस्वीर सिरहाने रखकर सोता है और सुबह-सवेरे उठकर सबसे पहले उसे देखता है। यह देखो, अब भी तकिए के नीचे पड़ी है। आज शायद वह इसे उठाना भूल गया है, यह देखो।" तबस्सुम ने तकिए के नीचे से तस्वीर निकालकर तसलीम को दिखाते हुए कहा।

तबस्सुम की नज़र तस्वीर पर पड़ी और उसके मुंह से एक चीख़-सी निकल गई। रंग उड़ गया। उसके हाथ में उसकी अपनी ही तस्वीर थी। माथे का तिल चाकू से खुरचा हुआ था।

तसलीम खिलखिलाकर हंस पड़ी, "मुझसे मज़ाक़ करती हो बाजी... मज़ाक़।" हंसते-हंसते उसकी हिचकी-सी निकल गई। उसका मुंह लाल हो रहा था और गाल आंसुओं से तर थे। ठीक उसी समय सईद कमरे में दाख़िल हुआ। जाजी, जो जाने कब से दरवाज़े में आ खड़ा हुआ था, सईद को देखकर चिल्लाने लगा, "देखो, भाई जान, बाजी को क्या हो गया है? मुंह से हंसती हैं और आंखों से रो रही हैं।"

शफ़ीक़-उर्रहमान

जन्म : 9 नवम्बर, 1920।

शिक्षा : एम.बी.बी.एस. (पंजाब), डी.पी.एच. एडंबरा, डी.टी.एंड एच. (इंग्लैंड)।

सन् 1942 में, इंडियन मेडिकल सर्विस में शामिल हुए। बाद में पाकिस्तान आर्मी मेडिकल कोर में लेफ्टिनेंट-कर्नल बन गए।

पहली पुस्तक *किरनें* 1942 में छपी थी। *लहरें, परवाज, शगूफ़े, पछतावे, हमाक़तें* और *मद्देनज़र* कहानी-संग्रह बहुत चर्चित हुए।

युद्धकाल में और उसके बाद मध्य-पूर्व और यूरोप के विभिन्न देशों में घूमे—मिस्र, इराक, टर्की, स्पेन, इटली, युगोस्लाविया, यूनान, स्विट्ज़रलैंड, आस्ट्रिया, फ्रांस आदि। उनके विचार में लिखने के लिए। विस्तृत अध्ययन और भ्रमण आवश्यक चीज़ें हैं। वह जहां कहीं भी गए, उन्हें वह महान मानवीय भाईचारा मिला; जो अंतर्राष्ट्रीय और भौगोलिक सीमाओं से भी ऊपर है।

तुरप चाल

"तुरप चाल।" शैतान बोले।

बड्डी और मैं एक-दूसरे की ओर देखने लगे। बड्डी ने आंख मारी और बोला, "रूफ़ी, क्या बजा है?"

"चार बजे हैं, पत्ते डालो।" वह बोले।

"कैसी अच्छी गाय जा रही है सड़क पर...!" मैंने खिड़की की ओर संकेत करते हुए कहा।

"अभी देखता हूं, तुम पत्ते डालते जाओ।"

"अरे रूफ़ी, यह कौन है सोफ़े के पीछे?" बड्डी घबराकर बोला।

"शैतान ने पीछे मुड़कर देखा और हम दोनों ने झट से पत्ते मिला लिए।

"लानत है! तुम खेलते हो या रोते हो?" शैतान ने पत्ते पटक दिए और ताव खाकर बोले, "अच्छा! इस बेईमानी की सज़ा यह है कि निकालो रुपए।"

"यार, यह तो जुआ हो गया।"

"नहीं, जुआ नहीं, ब्रिज की एक क़िस्म है।" शैतान ने कहा।

मेरी जेब में गिनती के रुपए थे। उधर बड्डी की जेब भी शायद ख़ाली थी। हम दोनों ने विनम्रतापूर्वक कहा, "उधार रहे।"

संक्षिप्त-सी बहस के बाद शैतान झुंझलाकर उठे और चाय के लिए आवश्यक आदेश देने चले गए।

शैतान, बड्डी और मैं ताश खेल रहे थे। यह खेल हमारा आविष्कार था। 'कट-थ्रोट' और 'पीस-कोट' को जोड़कर दो पर विभाजित कर दिया था। बहुधा शर्तें लगती थीं और मैं और बड्डी बहुधा हारते थे।

बड्डी एक मोटा-ताज़ा, हंसमुख अमरीकन था जो संयोग से हमें सिनेमा में मिल गया था और शीघ्र हमारा गहरा मित्र बन गया था। वह कई साल से हिंदुस्तान में था। हिंदुस्तानी खिलौनों पर वह मुग्ध था। कभी-कभी हम उसे आड़ी टोपी, शेरवानी और चूड़ीदार पाजामा पहनाकर कवि-सम्मेलनों में ले जाते थे।

बड्डी हर दूसरे-तीसरे दिन मिलने आता। आते ही चार प्रश्न करता। ये प्रश्न इतने स्थायी थे कि इनमें कभी एक शब्द तक का हेर-फेर नहीं हुआ था।

पहला प्रश्न, "आज क्या पका है?"

दूसरा प्रश्न, "कोई नई ख़बर?"

तीसरा प्रश्न, "शहर में सबसे अच्छी पिक्चर कौन-सी है?"

चौथा प्रश्न, "मैं पहले से कुछ मोटा तो नहीं हो गया?"

इसके बाद कम-से-कम एक और अधिक-से-अधिक अनगिनत चुटकुले सुनाता।

हम लोग चाय पीने लगे। बड्डी बोला, "एक बार एक सिपाही का कोर्ट-मार्शल हो गया। उसने घर ख़त लिखते समय इसका ज़िक्र कर दिया। घर से जवाब आया, 'प्यारे बेटे, खुश रहो। कोर्ट-मार्शल के बारे में पढ़ा। दिल को बड़ी ख़ुशी हुई। ख़ुदा का लाख-लाख शुक्र है, जिसने यह दिन दिखाया। अब

हमारी यह दुआ है कि तुम जल्द-अज-जल्द फ़ील्ड-मार्शल बन जाओ'।"

फिर, "एक सारजेंट नए रंगरूटों को परेड करा रहा था। उसने सबको एक पंक्ति में खड़े होने को कहा। पंक्ति सीधी न बनी। वह बिगड़ गया और चिल्लाकर बोला, 'बेवकूफ़ों, इसे क़तार कहते हो? सब के सब जल्दी से दौड़कर यहां आओ और देखो कि कितनी टेढ़ी-तिरछी क़तार है। ख़ैर, नई क़तार बनी। सारजेंट ने कहा, 'अपने दाहिने पांव हवा में उठाओ।' सबने अपना-अपना दाहिना पांव उठा दिया। एक रंगरूट ने ग़लती से बायां पांव उठा दिया और क़तार में उस जगह पर दाहिना और बायां पांव इकट्ठे हो गए। सारजेंट ज़ोर से चीख़ा, 'यह कौन गधा है, जो दोनों पांव हवा में उठाए खड़ा है?'

"एक और हो जाए बड्डी!" शैतान ने मांग की।

"हमारे यहां एक बहुत मशहूर आदमी हुआ है", बड्डी बोला, "इतना मशहूर कि मैं उसका नाम भूल गया हूं। वह बेहद मस्खरा था। नब्बे साल की उम्र में भी वह बच्चों की तरह उछलता-कूदता फिरता। एक बार एक पार्टी में उसने एक बेहद ख़ूबसूरत लड़की देखी, जिसे सब लोग बेतहाशा घूर रहे थे। वह कुछ वक़्त तक टकटकी बांधे देखता रहा, फिर ठंडी सांस भरकर बोला, 'काश! मैं सत्तर साल का होता!"

अब बड्डी ने शैतान से उसके इश्क़ के बारे में पूछा, "आज का दिन कैसा रहा? गए थे उनके यहां?"

"हां, गया तो था, लेकिन क्या बताऊं, कोल्हू के बैल की तरह हूं। यानी एक कदम भी आगे नहीं बढ़ा। उधर उस लड़की का ख़याल मुझे बुरी तरह सता रहा है और उसे देखकर मुझे वह मशहूर तस्वीर याद आ जाती है, जो शायद मैंने कहीं देखी थी। बस, यह समझ लो कि मुझे इन दिनों इश्क़ से इश्क़ होता जा रहा है और नफ़रत से बेहद नफ़रत हो गई है।"

"लेकिन पिछले हफ़्ते तो तुम बिल्कुल भले-चंगे थे?" मैंने कहा।

"हां, मैं केवल इस मंगल से आशिक़ हूं और बुरी तरह आशिक़ हुआ हूं। ख़ुदा ऐसा बुरा दिन किसी दुश्मन को भी न दिखाए। मुसीबत यह है कि मैं स्वयं एक बेकार-सा आदमी हूं। यहां तक कि अगर मैं लड़की होता, तो अपने-आप को कभी पसंद न करता।"

"अगर हम लड़की होते, तो तुम्हें पसंद कर ही लेते।"

"ख़ुश रहो बड्डी! बस, तुम्हारी यही बातें तो हमें पसंद हैं। अच्छा, अब लगे हाथों यह भी बता दो कि शादी और बच्चों के बारे में तुम्हारे क्या विचार हैं?"

"शादी के बारे में तो मैं एक शब्द भी नहीं कहूंगा। रह गए बच्चे, सो मुझे परिंदों, बच्चों और जानवरों से बड़ी नफ़रत है।"

"क्या सब जानवरों से या किसी ख़ास जानवर से?"

"सबसे।"

"तो गाय-भैंसों से भी नफ़रत है?"

"बिल्कुल!''

"लेकिन दूध पीने का तुम्हें बहुत चाव है।"

"मैं तो टीन के दूध का इस्तेमाल करता हूं।"

"टीन का दूध भी गाय-भैंसों ही का होता है। अभी तक मशीनों ने दूध देना शुरू नहीं किया।"

"सच?" बड्डी ने हैरत से पूछा।

"कमाल करते हो! अरे भई, डिब्बे के ऊपर गाय की तस्वीर जो होती है।"

"तस्वीरों का क्या है?" बड्डी ने अपनी जेब से 'कैमल' सिगरेटों का पैकेट निकालकर कहा, "यह देखिए, इस पैकेट पर ऊंट की तस्वीर दी है, जबकि इन सिगरेटों का ऊंट से कोई रिश्ता नहीं।"

"छोड़ो, क्या बखेड़ा ले बैठे हो। यह बताओ रूफ़ी, कि क्या सचमुच मामला इतना बढ़ गया है कि नौबत शादी तक आ पहुंची है?" मैंने पूछा।

"हां?" शैतान बोले, "लेकिन वे लोग मेरी कुछ ख़ास परवाह नहीं करते।"

"तो तुम एम.ए. पास क्यों नहीं कर डालते?" बड्डी बोला।

"अब करना ही पड़ेगा, लेकिन इस समय एम.ए. पास करना ज़रूरी नहीं, बल्कि नौकरी का मिलना ज़रूरी है। मुझे शुरू से जंगलात का महकमा पसंद है। मेरे ख़याल से वहां कोशिश की जाए।"

"क्या तनख़्वाह मिलेगी?"

"पांच रुपए और रोटी-कपड़ा।" शैतान बोले।

"लेकिन तुम अर्ज़ी पर क्या लिखोगे? कोई ख़ास डिग्री तो है नहीं तुम्हारे पास, न कोई तजुर्बा है।"

"यह लिखेंगे कि जंगलों से इश्क़ है। पेड़ों को पहचान सकता हूं। पेड़ों पर चढ़ सकता हूं। उन्हें काट सकता हूं और जंगलों में काफ़ी घूमा हूं। क्या यह काफ़ी नहीं?"

"क्या तुम सचमुच संजीदा हो?" मैंने पूछा।

"तो और क्या मज़ाक़ कर रहा हूं?"

"लेकिन डॉक्टरी जांच भी तो होगी।'

"होती रहे।"

"मेरा मतलब है, तुम्हारी आंखें ज़रा..." मैंने उसके मोटे-मोटे शीशों वाले चश्मे की ओर संकेत किया।

"तो आंखों की जांच कराए लेते हैं, कल सही।" शैतान बोले।

तय हुआ कि अगले दिन डॉक्टरी जांच हो और उसके लिए जंगलात के महकमे में अर्जी भेज दी जाए।

मैं तड़के दस बजे उठा और शैतान को कच्ची नींद से जगाया। निश्चित

हुआ कि डॉक्टर 'शायद' को फ़ोन करके निरीक्षण का समय पूछा जाए। फ़ोन किया, आवाज़ आई, "ज़ोर से बोलिए।"

शैतान ज़ोर से बोले। आवाज़ आई, "और ज़ोर से बोलिए।" ये और ज़ोर से बोले, फिर आवाज़ आई, "और भी ज़ोर से बोलिए।" शैतान चिल्लाकर बोले, "जनाब, अगर इससे भी ज़्यादा ज़ोर से बोल सकता, तो फिर टेलीफ़ोन की क्या ज़रूरत थी?"

अब टेलीफ़ोन पर से एक खुसर-पुसर क़िस्म का लेक्चर सुनाई दिया। शैतान तंग आकर बोले, "साहब, जब तक आप चुप रहते हैं, मुझे सब कुछ साफ़-साफ़ सुनाई देता है, लेकिन जब आप बोलना शुरू करते हैं, तो कुछ पता नहीं चलता।"

इतने में पता चला कि टेलीफ़ोन ग़लत नम्बर पर किया है। दूसरी ओर से डॉक्टर 'क़िब्ल-अज़-मसीह' बोल रहे हैं। उनकी चिकित्सा का ढंग प्राचीन यूनानी और रोमन हिकमत के अनुसार था। वे हमसे परिचित थे। शायद डांट रहे थे। शैतान ने जल्दी से कहा, "मैं कुछ बीमार-सा हूं।" उन्होंने रोग के लक्षण पूछे। शैतान को जितने लक्षण याद थे, सब बता दिए। उधर से आवाज़ आई, "तुम परहेज़ का ख़ास ख़याल रखो। एक सप्ताह तक ऐसा हलका भोजन लो, जो एक वर्ष का बच्चा भी आसानी से पचा सकता हो।"

ख़ैर, इसके बाद डॉक्टर 'शायद' साहब को फ़ोन किया गया। उत्तर मिला, "पहले ख़ुद आकर वक़्त तय करो, फिर जांच होगी।"

अगले दिन उनकी कोठी की ओर चले। रास्ते में डॉक्टर 'क़िब्ल-अज़-मसीह' मिल गए। शैतान का हाल पूछने लगे। ये बोले, "अब अच्छा हूं।"

"मैंने तुम्हें एक साल के बच्चे वाला भोजन करने को कहा था, किया?"

"जी हां, किया।"

"क्या लिया था?"

"थोड़ी-सी मिट्टी, एक बटन, नारंगी का छिलका, सिगरेटों के कुछ टुकड़े, एक शीशे की गोली..." और डॉक्टर साहब ज़ोर-ज़ोर से हंसने लगे।

डॉक्टर 'शायद' के यहां पहुंचे। मालूम हुआ कि आज वे किसी से नहीं मिलेंगे। थोड़ी देर के बाद फिर पहुंचे, यही उत्तर मिला। हमने भी बार-बार हमले किए। अंत में उन्होंने हथियार डाल दिए और हमें भीतर बुला लिया।

शैतान ने आगे बढ़कर सलाम किया। वे बोले, "तुम्हें मालूम है कि आज मैं सात लोगों को, जो मिलने आए थे, बिना मिले वापस भेज चुका हूं।"

"जी हां, मालूम है। वे सातों मुलाक़ाती मैं ही हूं। मैं ही सात बार आया था।" शैतान बोले।

इसके बाद निरीक्षण शुरू हुआ। शैतान का चश्मा उतार लिया गया और वो मेरा सहारा लेकर खड़े हुए, नहीं तो शायद गिर ही पड़ते।

"सामने देखिए और आख़िरी लेटर पढ़िए।" डॉक्टर साहब ने कहा।

"कौन-सा लेटर?" शैतान ने आश्चर्य से कहा।

"आख़िरी लाइन का आख़िरी लेटर।"

"कौन-सी लाइन?"

"उस तख़्ते की आख़िरी लाइन।"

"कौन-सा तख़्ता?"

"सामने की दीवार पर टंगा हुआ तख़्ता?"

"कौन-सी दीवार?" शैतान ने हैरान होकर पूछा।

और निरीक्षण समाप्त हो गया। डॉक्टर साहब ने लिख दिया कि

शैतान की आंखें इतनी कमज़ोर हैं कि उन्हें किसी तरह भी आंखें नहीं कहा जा सकता।

शाम को बड्डी आया। आते ही उसने पूछा, "क्या पका है?"

बताया, "शामी कबाब और मीठे टुकड़े।"

बड्डी की राल टपकने लगी। बोला, "कोई नई ख़बर?"

उसे शैतान की डॉक्टरी जांच के बारे में बताया गया।

तीसरे प्रश्न का यह उत्तर दिया गया, 'तूफ़ानी घोड़ा' उर्फ़ 'बदनसीब बिल्ली' शहर की सर्वोत्तम पिक्चर है। अब अंतिम प्रश्न था, मुटापे के बारे में, सो उसे विश्वास दिलाया गया कि वह बिल्कुल मोटा नहीं हुआ, जितना मोटा था उतना ही है।

उसके बाद चाय का दौर शुरू हुआ।

"आज बिस्किट ज़रा सख़्त है।" मैंने बिस्किट चबाते हुए कहा।

"सचमुच" शैतान बोले, "यह बिस्किट इतना सख़्त है कि अगर बड्डी के सिर पर मारा जाए, तो बिस्किट टूट जाए।"

"मेरा भी यही ख़याल है।" बड्डी बोला।

"आज का चुटकुला?"

"कोई ख़ास चुटकुला तो याद नहीं। हां, पिछले साल जब मैं कलकत्ते में था, तो मेरे पड़ोस में चार गधे बंधते थे, जो ठीक चार बजे बोलते थे और इतने नियम से बोलते थे कि उनकी आवाज़ पर मैं अपनी घड़ी ठीक किया करता था।"

"तो आजकल तो वहां केवल तीन गधे रह गए होंगे।" शैतान बोले।

बड्डी कुछ शर्मा गया, "आसाम में बरसात बहुत होती है। जब मैं वहां था, तो चेरापूंजी के पास मुझे एक आदमी मिला। मैंने बातों-बातों में उससे पूछा कि यहां साल में कितने इंच बरसात होती है? वह बोला, 'मालूम नहीं

साहब, मैं चालीस साल का हूं। जब से होश संभाला है, तब से यहां बरसात हो रही है।"

"दार्जिलिंग भी गए थे तुम?" मैंने पूछा।

"भला वहां का सूरज का उगना मैं कैसे भूल सकता हूं।" बड्डी बोला।

"मेरे विचार में संसार का सबसे ख़ूबसूरत सूरज का उगना सिंध का सूरज का डूबना है।" शैतान ने कहा।

"मैंने आज तक कोई, सूरज का उगना नहीं देखा।" शैतान बोले, "मुसीबत यह है कि सूरज का उगना देखने के लिए ऐसे वक़्त उठना पड़ता है, जब सूरज निकल रहा हो। ऐसे वक़्त उठने का कभी मौक़ा नहीं मिला। हां, मैंने आसमान के बीच में पहुंचा हुआ सूरज बहुत बार देखा है।"

"लोग कहते हैं कि दार्ज़िलिंग काफ़ी ठंडा स्थान है, लेकिन मैं तो वहां केवल एक कमीज़ में फिरता रहा।" बड्डी ने गर्व से कहा।

"तुम्हारा क्या है? तुमने चर्बी का ओवरकोट जो पहन रखा है।" शैतान बोले।

"मैं एक पोस्तीन बलोचिस्तान से लाया था, जिसके ख़ूब लम्बे-लम्बे भूरे बाल हैं। जी चाहता है, पहना करूं।" बड्डी ने कहा।

"ख़ुदा के लिए वह पोस्तीन कहीं तुम न पहन बैठना। शहर-भर के कुत्ते पीछे लग जाएंगे।"

बड्डी को शैतान के इश्क़ की विफलता पर दुःख हो रहा था। यह विचार हमें परेशान किए देता था कि अगर बहुत शीघ्र कोई प्रबंध न किया गया तो शैतान की प्रेमिका को कोई और ले जाएगा।

आख़िर बड्डी बोला, "यह सर्विस वग़ैरह सब बेकार की बातें हैं। कम-से-कम हमारे मुल्क़ में तो लोग सर्विस की बिल्कुल परवाह नहीं करते; बस आदमी देखते हैं। तुम किसी तरह उन लोगों में पॉपुलर हो जाओ, उन परियों

पर इतने छा जाओ कि वे तुम्हारे नाम की माला जपने लगें। अपना इश्क़ सिर्फ़ एक लड़की पर ज़ाहिर करो, हर एक से मत कहते फिरो, सिवाय हम दोनों के...यह मत करो कि 'कागों हाथ संदेसे और चिड़ियों हाथ सलाम...' (यह मुहावरा उन मुहावरों में से था, जो हमने बड्डी को याद कराए थे। बड्डी ने आज पहली बार किसी मुहावरे का ठीक जगह पर इस्तेमाल किया था)... खूब कसरत किया करो, हलका भोजन करो, सुबह-सवेरे उठा करो। फलों और सब्ज़ियों का प्रयोग जारी रखो और भरोसा कर लो कि तुम ज़रूर क़ामयाब हो जाओगे।"

बड्डी का यह नुस्ख़ा सचमुच अचूक और तजुर्बे वाला मालूम होता था। तय हुआ कि उसे अवश्य परखा जाए।

दूसरे दिन से शैतान ने बड़े ज़ोर-शोर से उनके यहां जाना शुरू कर दिया। बड्डी ने परामर्श दिया कि यदि कोई प्रतिद्वंद्वी क्षेत्र में हो, तो उसे पिटवा दिया जाए। पीटने के लिए कई महाशय तैयार थे। उनकी सेवाएं हमारे अर्पण थीं, एक तो हमारे मित्र रुस्तम अली 'रीछ' थे और दूसरे लोमड़ीचंद 'जड़ाऊ'... उनका नाम कुछ और था, लेकिन वह लोमड़ी से मिलते-जुलते थे और जड़ाऊ इसलिए कि उन्होंने अपने चेहरे पर अनगिनत कील, मुँहासे और न जाने क्या अला-बला उगा रखी थी।

मुसीबत यह थी कि कोई प्रतिद्वंद्वी भी उत्पन्न नहीं हुआ था और उन लोगों का इरादा यह था कि किसी योग्य लड़के की तलाश में आयु बिता देंगे, लेकिन शैतान को दामाद न बनाएंगे।

बड्डी का आग्रह था कि पहले लड़की के पिता को काबू में किया जाए, चाहे किसी टोने-टोटके से, चाहे बातचीत से। इसी सिलसिले में शैतान प्रतिदिन उनके घर पर आक्रमण करते और उन महाशय को फुसलाते।

एक शाम हम दोनों वहां पहुंचे। महाशय बोले, "लड़कों, चाय का समय तो नहीं रहा, लेकिन अगर कहो तो मंगवाऊ?"

"जी हां, जरूर !" शैतान बोले। मैंने मेज़ के नीचे से एक ठहोका दिया।

"यह तुम क्यों मुझे मार रहे हो?" शैतान ने ज़ोर से कहा।

चाय पर बातें शुरू हुईं। वे महाशय रेलवे बजट का ज़िक्र कर रहे थे। ख़ुदा जाने उन्होंने क्या-क्या कहा, क्योंकि मुझे रेलवे से थोड़ी-बहुत दिलचस्पी ज़रूर है, लेकिन बज़ट से ज़रा-सी भी दिलचस्पी नहीं। मैंने कुछ न सुना। शैतान बढ़-बढ़कर बोल रहे थे। आख़िर महाशय ने समाचार-पत्र देखकर कहा, "इस साल बजट इतने करोड़, इतने लाख, इतने हज़ार, चार सौ निन्नाबे रुपए पांच आने, नौ पाई का आया है। इसके बारे में तुम्हारे क्या ख़यालात हैं, साहबज़ादे?''

शैतान कुछ देर सोचकर बोले, "मेरे ख़याल में बजट में दस आने, तीन पाई जमा कर देने चाहिए, ताकि आने-पाइयों से मुक्ति मिल जाए और आंकड़े पूरे हो जाएं।''

बजट की बातचीत वहीं समाप्त हो गई। कसरत की बात छिड़ी। महाशय बोले, "इस उम्र में मैं भाग-दौड़ तो नहीं सकता, हां, साइकिल चला लेता हूं। इससे अच्छी-ख़ासी कसरत हो जाती है।"

"मोटर में बैठने से भी काफ़ी कसरत होती है", शैतान बोले, "और रेल की सवारी से तो और भी कसरत हो जाती है।"

महाशय चुप हो गए। थोड़ी देर तक कोई न बोला। आख़िर तंग आकर मैंने शैतान से पूछा, "क्या सोच रहे हो?"

बोले, "यह कितनी अजीब बात है कि हम इस हक़ीक़त को बिल्कुल भूल चुके हैं कि हम एक सितारे पर आबाद हैं।"

इस बार महाशय ने इतना बुरा मुंह बनाया कि मैंने सोचा कि अब ये छींक मारेंगे।

रेडियो पर स्थानीय स्टेशन से कोई गाना हो रहा था। महाशय बोले, "बिल्कुल बेकार का गाना हो रहा है, न जाने ऐसे गाने वालों को गाने की

आज्ञा कौन देता है?''

शैतान तुरंत उठे, "अभी बंद करवाता हूं।" मैं साथ उठा। साथ के कमरे में गए। रेडियो-स्टेशन को फ़ोन किया, "इस वक़्त कौन गा रहा है?"

"इस वक़्त जनाब मस्तमौला साहब ताबड़तोड़ भीमसेनी अंग का ख़याल धूम-धाम ध्रुपद में अलाप रहे हैं।" उधर से कुछ इस प्रकार का उत्तर आया।

"तो उनसे कह दीजिए कि फ़ौरन चुप हो जाएं।" शैतान बोले।

"हम आगे प्रोग्राम देते समय इस बात का ख़याल रखेंगे कि आप उनका गाना पसंद नहीं करते, लेकिन इस समय कुछ नहीं कर सकते।''

"भरोसा कीजिए, हमें यह गाना बहुत बुरा लग रहा है।"

"आप कुछ देर के लिए रेडियो बंद कर दीजिए।''

"और आप मस्त कलंदर को चुप नहीं कराएंगे? अच्छा, अगर यह बात है तो तैयार हो जाइए, मैं अभी आकर आपकी ख़बर लेता हूं।" यह कहकर टेलीफ़ोन बंद कर दिया।

जब हम वापस आ रहे थे तो मैंने अपनी तुच्छ राय प्रकट की कि बड़े-बूढ़ों के सामने शैतान को कुछ समझदारी से काम लेना चाहिए, लेकिन शैतान का ख़याल था कि चूंकि मेरा अनुभव अभी थोड़ा है, इसलिए विचार भी सीमित हैं।

वापस कमरे में पहुंचे, तो देखा कि असंख्य मच्छर और तरह-तरह के भुनगे-पतंगे बल्ब के चारों ओर जमा हैं।

शैतान बोले, "मैं उन क़िस्मत वाले लोगों में से हूं, जिन पर मच्छर, भिड़, ततैये, मक्खियां वग़ैरह बुरी तरह फ़िदा हैं और जहां वे जाते हैं, ये चीज़ें अगर कई मील की दूरी पर हों, फ़ौरन अगवानी के लिए आ जाती हैं।''

मच्छरों ने तो हमें बेतरह सताया, तंग आकर हमने बत्ती बुझा दी लेकिन मच्छरों की भिनभिनाहट पूर्ववत् रही। इतने में संयोग से एक जुगनू भी उड़ता हुआ कमरे में आ गया।

"देखी तुमने इन बेईमान मच्छरों की शरारत?" शैतान बोले, "अब ये मशाल लेकर मुझे ढूंढ़ रहे हैं।"

हम दोनों जुगनू के पीछे पड़ गए। उसका विचार बाहर जाने का बिल्कुल नहीं दीखता था। हमने बलपूर्वक उसे बाहर भगाया। मच्छरदानियों में भी मच्छर पहुंच चुके थे। शैतान बोले, "मच्छरदानी इस्तेमाल करने का सही तरीका यह है कि पहले ख़ूब अच्छी तरह इसे लगा लो। इसके बाद एक तरफ़ से कुछ भाग ऊपर उठा दो और कुछ देर उठाए रखो, ताकि कमरे-भर के मच्छर उसमें चले जाएं और उसके बाद मच्छरदानी बंद कर दो और ख़ुद बाहर सो जाओ।"

दूसरे दिन बड्डी आया और आते ही उसने चारों प्रश्न किए। मैंने और शैतान ने निश्चय कर लिया था कि आज बड्डी की बातों पर बिल्कुल नहीं हंसेंगे।

बड्डी बोला, "मैं न्यूयार्क के एक मशहूर होटल में ठहरा हुआ था। रात को किसी ने मेरे कमरे का दरवाज़ा खटखटाया। खोला, देखता क्या हूं कि एक आदमी नशे में धुत खड़ा है। मुझे देखकर बोला, 'माफ़ कीजिए, ग़लती हुई।' मैं दरवाज़ा बंद करके लेट गया। थोड़े समय के बाद फिर किसी ने दरवाज़ा खटखटाया। जाकर देखता हूं, तो वही आदमी खड़ा है। वह क्षमा मांगकर फिर चला गया। तीसरी बार फिर आया चौथी बार, पांचवीं बार, आख़िर मैं झल्ला उठा। इस बार जो वह आया, तो मैंने पूछा, "क्यों साहब, आप बार-बार मेरे कमरे में क्यों आते हैं?' उसने बड़ी सरलता से कहा, "और मेरी समझ में यह नहीं आता कि होटल के हर कमरे में मुझे आप ही क्यों मिलते हैं?"

हम दोनों मौन रहे। बड्डी ने हमारे हंसने का कुछ सेकंड इंतज़ार किया, फिर बोला, "मैं वाशिंगटन के चिड़ियाघर की सैर कर रहा था। मुझे एक

आदमी दिखाई दिया, जो बहुत-से बच्चों को साथ लिए घूम रहा था। गिने तो बारह थे। हम उस अहाते के बाहर फिर मिले जिसमें जेबरा बंद था। वह आदमी चौकीदार के पास गया और बोला, 'क्या मैं और मेरे बच्चे भीतर जाकर जेबरा देख सकते हैं?' चौकीदार ने पूछा, 'क्या ये सब बच्चे आपके हैं?' उत्तर मिला, 'जी हां! सब मेरे हैं।' चौकीदार कुछ देर बुत बना खड़ा रहा, फिर बोला 'तो आप यहां ठहरिए। मैं भीतर से ज़ेबरे को बुलाकर लाता हूं, ताकि वह आपको देख ले।"

शैतान बिसूरने लगे और रो दिए। तब बड्डी समझ गया कि हम उसके साथ ज्यादती कर रहे हैं। उसे मानना पड़ा।

"बड्डी, क्या बजा है?"

"मेरी घड़ी आगे है।"

"फिर भी क्या बजा होगा?"

"घड़ी बहुत आगे है।'

"तीन-चार दिन तो आगे नहीं होगी?" शैतान बोले।

खाने के बाद शैतान की प्रेमिका के सम्बंध में बातचीत छिड़ गई।

तुम लड़की से ख़ुद क्यों नहीं मिलते?" बड्डी ने पूछा।

"इसलिए नहीं मिलता कि अगर कहीं उसने 'हां' कर दी तो मुसीबत आ जाएगी। उसके पिता अवश्य ही इनकार कर देंगे और फिर मैं कुछ कर गुज़रूंगा।"

"लेकिन उन्हें लड़की की 'हां' होने पर क्या ऐतराज़ होगा? समझ में नहीं आता कि तुम किस बात की प्रतीक्षा कर रहे हो। शायद इस इंतज़ार में हो कि कब लड़की की शादी किसी और से होती है और कब तुम्हें छुट्टी मिलती है, क्यों?''

"और जो कहीं लड़की ने 'ना' कर दी, तो फिर उसके पिता की 'हां'

बेकार होगी। अगर दोनों ने 'ना' कर दी, तो बहुत दुख होगा।" शैतान ने कहा।

"तुम्हारी थ्योरी मेरी समझ से बाहर की चीज़ है", बड्डी बोला, "जो हो, मैं यह सलाह जरूर दूंगा कि तुम उसके पिता से मिलते रहा करो।"

अगले दिन हम लोग दोपहर के समय उनकी कोठी की ओर चले। अभी सड़क पर ही थे कि भीतर से किसी बच्चे के रोने की आवाज़ सुनाई दी।

"आहा, लंच के लिए टाइम का हलका-हलका, प्यारा म्यूज़िक हो रहा है।" शैतान बोले।

भीतर गए, तो वहां किसी मकान की चर्चा हो रही थी। वे लोग मकान बदलना चाहते थे। दोपहर को मकान देखने का प्रोग्राम था। हमें भी निमंत्रित किया गया। वह मकान नदी के किनारे पर था।

शैतान बोले, "मैंने सुना है कि नदी के किनारे पर जो मकान हों, उनकी उम्र एक साल से ज़्यादा नहीं होती, बल्कि शायद इससे पहले ही गिर पड़ते हैं।"

"तुमने यह किससे सुना?" उन महाशय ने पूछा।

"बस, सुना है।"

"किससे सुना?" महाशय सचमुच नाराज़ हो गए। उन्हें बहुत जल्द क्रोध आता था।

"साहब, मुझे ख़ुद अच्छी तरह मालूम नहीं, लेकिन मेरे एक दोस्त कह रहे थे कि उनका नौकर जब बाज़ार गया, तो उसने एक दुकानदार को कहते सुना कि एक ख़रीददार ने कहीं से यह सुना कि कुछ आदमी एक जगह चरस वगैरह पीकर यह कह रहे थे..."

और वे महाशय ज़ोर-ज़ोर से हंसने लगे, बोले, "बेटे! तुम मेरे ग़ुस्से का ख़याल न करो। मेरा ग़ुस्से ही क्या? पारा ऊपर पहुंचा नहीं कि फ़ौरन

नीचे उतर आता है।"

"और अभी अच्छी तरह नीचे उतरा नहीं कि फिर ऊपर चला जाता है।" शैतान बोले, और वे महाशय पुनः नाराज़ हो गए।

मैंने धीरे से शैतान को टोका, "रूफ़ी, इस प्रकार तो तुम उम्र-भर लड़की को नहीं जीत सकते।"

"तुम्हारा तजुर्बा महदूद (सीमित) है, इसलिए ख़याल भी महदूद हैं।" वे बोले।

हम लोग पैदल चले। हमारे साथ वे साहब भी थे, जो मकान के सिलसिले में आए थे।

रास्ते में एक जगह मोटरों के लिए यह नोटिस लगा हुआ था :

'ख़बरदार! रफ़्तार पंद्रह मील से अधिक नहीं होनी चाहिए।'

शैतान ने सबका ध्यान उधर खींचा और बोले, "ज़रा धीरे चलिए।"

मकान देखा, यों ही-सा था। शैतान से राय पूछी गई, बोले, "बस मकान है" मकान वाले साहब बार-बार नदी का ज़िक्र करते थे, "नदी के किनारे है। देखिए, वह रही नदी। नदी बिल्कुल सामने है।"

शैतान बोले, "साहब, यह क्या आप घड़ी-घड़ी नदी का हवाला देते हैं? मकान से इसका क्या रिश्ता? आप अपनी नदी को यहां से हटा लें, तो क्या फ़र्क़ पड़ जाएगा।"

जब हम वापस आ रहे थे, तो मकान वाले साहब, वे महाशय और मैं तीनों शैतान से तंग आ चुके थे।

मैं और शैतान सुबह-सवेरे ग्यारह बजे शेव कर रहे थे कि एक साहब पधारे। शैतान से बोले, "हज़रत, रूफ़ी साहब आप ही हैं?"

"हो सकता है कि मैं रूफ़ी हूं, हो सकता है कि रूफ़ी नहीं हूं। इसका फ़ैसला उस काम पर है, जिसके लिए आप तशरीफ़ लाए हैं।"

और वास्तविकता यह थी कि पड़ोसी महोदय प्रतिदिन हमारी साइकल

के लिए अपना नौकर भेज देते थे। मालूम हुआ कि 'मक़सूद घोड़े' ने हमें बुलाया है। मक़सूद घोड़ा एम.एस-सी. में पढ़ता था। वह शैतान की प्रेमिका के पड़ोस में रहता था। शायद 'कुंज गली' की कोई नई-ताज़ा ख़बर सनाना चाहता हो। हम जल्दी-जल्दी शेव करने लगे।

"लेकिन इस समय शायद वे लतीफ़ साहब के यहां होंगे। एक घंटे तक वापस लौटेंगे।" संदेशवाहक बोला।

लतीफ़ भी साइंस पढ़ता था। संदेशवाहक को हमने विदा किया और स्वयं तैयार हो गए।

"उसका बैग ज़रूर ले चलना। महीनों से हमारे यहां मेहमान है।" मैंने याद दिलाया। हम बैग लेकर चल पड़े।

लतीफ़ के घर पहुंचे। दरवाज़ा खोला ही था कि एक सहब ने जल्दी से शैतान के हाथ से बैग ले लिया और उनको एक कमरे में ले गए, जहां एक बच्चा बिस्तर पर लेटा था। शैतान को डॉक्टर साहब कहकर सम्बोधित किया गया। कदाचित् वे लोग किसी डॉक्टर की प्रतीक्षा में थे। मेरे आश्चर्य का ठिकाना न रहा, क्योंकि शैतान ने बच्चे का बाक़ायदा निरीक्षण शुरू कर दिया। आंखों में उंगलियां डालीं, 'हा-हा' कराया, छाती ठोक-बजाकर देखी। कमर में एक घूंसा जमाकर कहा, "दर्द हुआ?"

कोई आध घंटे तक शैतान निरीक्षण करते रहे। उसके बाद बोले, "जनाब, मैं डॉक्टर नहीं हूं। एम.ए. का स्टूडेंट हूं और लतीफ़ साहब से मिलने आया हूं, लेकिन मेरे ख़याल में यह केस 'एक्यूट टांसिलाइटिस' का है। साथ ही 'फ्रजाइटिस' और 'ह्राइनाइटिस' भी है। आश्चर्य नहीं यदि 'ट्रेकीआइटिस' भी हो। ख़ैर, घबराने की कोई बात नहीं।"

मालूम हुआ कि लतीफ़ रात से ग़ायब है। सीधा मक़सूद घोड़े के घर पहुंचे। वहां ताला लगा हुआ था। सड़क पर प्रतीक्षा करनी पड़ी।

ऊपर से किसी ने आवाज़ दी। देखा तो मक़सूद घोड़ा हिनहिना रहा है।

"अबे, कमबख़्त! बाहर ताला लगाकर भीतर बैठा है!"

उसने चाबी फेंकी। ताला खोलकर हम भीतर गए। मालूम हुआ कि उसकी परीक्षा के दिन निकट आ गए हैं, इसलिए पढ़ाई में व्यस्त है।

"तो हमें क्यों बुलाया था?" शैतान कड़ककर बोले।

"भई, सुबह-सुबह शैतान की महबूबा के दीदार हुए हैं। मैं छत पर बैठा पढ़ रहा था। उधर शायद उनकी भी परीक्षा है। वे पुस्तकें लेकर छत पर आईं। कुछ देर पढ़कर वापस चली गईं। पूरी आशा है कि दोबारा ऊपर आएंगी।"

"आएगी कहो...इज़्ज़त-विज़्ज़त की कोई ज़रूरत नहीं।" शैतान बोले, "और मुझे ज़रा ठंडा पानी पिलाओ। मैं हुस्न के रोब से थर्रा रहा हूं।"

मक़सूद घोड़ा पानी लेने चला गया और न जाने कहां खो गया। जब काफ़ी देर हो चुकी, तो शैतान ज़ोर से बोले, "कहीं ऑक्सीजन और हाइड्रोजन लेकर रिफ़ाइंड पानी तो नहीं बना रहा। अरे, भाई, सादा पानी ही ले आ।"

मक़सूद घोड़ा सरपट भागा आया और बोला, "चलो, छत पर।"

हम छत पर पहुंचे और बाक़ायदा मोर्चा बनाकर आड़ से देखने लगे। दूसरी छत पर कई लड़कियां बैठी थीं।

"ये तो कई हैं।" शैतान बोले।

"तो क्या हुआ? इनमें शैतान की महबूबा भी तो है। पहचान लो।"

"कौन-सी है भई, रूफ़ी?" मैंने पूछा।

"वह है, हरे दुपट्टे वाली!" शैतान बोले।

"वही जिसने सफ़ेद जूते पहन रखे हैं?" घोड़े ने पूछा।

"हम लड़कियों के जूतों की ओर ध्यान नहीं दिया करते।'' शैतान ने कहा, फिर जल्दी से बोले, "अरे, हरे दुपट्टे वाली नहीं, वह प्याज़ी साड़ी वाली है।"

"अच्छा!" हम दोनों ने बड़े ध्यान से देखना शुरू किया।

"रूफ़ी, यह तो कुछ नहीं। यह तो यूं ही-सी है।" घोड़ा बोला।

"तो फिर वह होगी, जिसकी दो चोटियां हैं, जो मुस्कुरा रही है।" शैतान बोले।

"होगी से क्या मतलब है तुम्हारा? लानत है, ऐसे आशिक़ पर जो अपनी महबूबा को न पहचान सके।"

"चश्मे के शीशे साफ़ करो।" मैंने सुझाव दिया।

शीशे साफ़ किए गए, "भई वही है, हरे दुपट्टे वाली" शैतान ने अंतिम फ़ैसला सुना दिया।

इतने में नौकरानी आई और लड़कियों को बुला ले गई।

निश्चित यह हुआ कि लड़की अच्छी है, लेकिन ऐसी नहीं है कि शैतान इतना गुल-गपाड़ा मचाएं कि मित्रों के प्रोग्राम ख़राब कर दें।

"तुम दोनों बहुत घटिया पसंद के मालूम होते हो। मैं तुम्हारे इस घटियापन पर शोक प्रकट करता हूं।" शैतान बोले, "ख़ैर, बड्डी को दिखाएंगे। वह निर्णय देगा।''

घोड़े ने वायदा किया कि जब कभी ऐसा सुनहरा मौक़ा फिर आया, वह हमें फ़ौरन ख़बर देगा और हम बड्डी को साथ लाएंगे।

चलते समय घोड़े ने कहा, "रूफ़ी, मैं तो यही सलाह दूंगा कि तुम हरे दुपट्टे वाली की बजाय सफ़ेद दुपट्टे वाली पर आशिक़ हो जाओ तो ज्यादा अच्छा होगा। आगे तुम्हारी मर्ज़ी।"

"मैं आशिक़ हूं या मदारी?" शैतान रूठकर बोले

उसके बाद कुछ दिन बिल्कुल ख़ामोशी से व्यतीत हुए, क्योंकि शैतान की

त्रैमासिक परीक्षा थी और शायद यह उनके जीवन में पहली परीक्षा थी, जिसके लिए उन्होंने कुछ तैयारी की थी।

शैतान त्रैमासिक परीक्षा में सफल हो गए। यह समाचार बिजली की तरह शहर-भर में फैल गया। ग़ज़ब हो गया। लोगों का तांता बंध गया। पत्र आए। बधाई के तार आए। सब मित्रों ने फ़ैसला किया कि चूंकि बहुत समय के बाद यह शुभ घड़ी देखने को मिली है, इसलिए इस ख़ुशी में एक उत्सव मनाया जाए। रुपयों का प्रश्न उठा। शैतान के भाई साहब वहीं थे। शैतान बोले, "भाई साहब से उधार लिए जाएं।"

"और जो भाई साहब न दें तो?"

"उनसे पूछे ही क्यों? उन्हें पता चले बिना चुपचाप उधार ले आएं।"

उत्सव हुआ। लगभग सब मित्र निमंत्रित थे।

शैतान बड़े आग्रह से उन महाशय को भी ले आए। मैंने बहुत कहा कि इस चांडाल-चौकड़ी में उन्हें बिल्कुल न बुलाया जाए, लेकिन वे न माने। दुर्भाग्यवश वे महाशय अपने साथ दो और महाशय ले आए। उनमें से एक तो काफ़ी बूढ़े थे और दूसरे इतने बूढ़े नहीं थे। उन दोनों के सामने वे महाशय अपनी आयु से कहीं कम बूढ़े नज़र आ रहे थे।

शैतान शर्बत लाए। महाशय ने इंकार कर दिया। शैतान तुरंत भीतर गए और उसी शर्बत को एक लम्बोतरे गिलास में उंडेलकर दोबारा ले आए। महाशय ने धन्यवाद सहित गिलास उठा लिया और गट-गट पी गए।

प्रोग्राम शुरू हुआ। दो व्यक्ति शतरंज लेकर बैठ गए और चाल सोचने लगे। देर तक उन्होंने न मोहरों पर से अपनी नज़रें उठाईं और न कोई चाल चली। बस, सिर झुकाए, सिर खुजाते रहे। उनके सामने ढोल बजाए गए, तबले खड़काए गए, शोर मचाया गया, उनका नाम ले-लेकर

पुकारा गया, लेकिन क्या मजाल जो उनका ध्यान शतरंज से ज़रा हटा हो। उन्हें खींच-खींचकर एक ओर किया गया और ख़ूब तालियां बजीं।

अब गप्पों का मुक़ाबला शुरू हुआ। हमारी योजना के अनुसार हर गप्प इस वाक्य से शुरू होती थी : 'साहिबान! हक़ीक़त कहानी से कहीं अपनी तरफ़ खींचने वाली होती है' और इस वाक्य पर समाप्त होती थीः 'यक़ीन कीजिए, साहब! यह मेरा आंखों देखा हादसा है।'

एक से बढ़कर एक गप्प हांकी गई। जजों ने फ़ैसला दिया कि सबसे अच्छी गप्पें ये थीं :

रुस्तम अली 'रीछ' : एक दिन मैं समंदर के किनारे हेल मछलियां पकड़ रहा था। क्या देखता हूं कि एक आदमी समंदर में कूदने की तैयारी कर रहा है, शायद ख़ुदकुशी के लिए। इतने में एक राहगीर ने उसे दौड़कर पकड़ लिया और कारण पूछने लगा। वह व्यक्ति राहगीर को एक तरफ़ ले गया। दोनों कुछ देर तक बातें करते रहे। उसके बाद दोनों किनारे पर गए और इकट्ठे समंदर में कूद गए।

बड्डी : ब्राज़ील के कुछ भागों में इतनी सर्दी पड़ती है कि वहां के निवासी कहीं और जाकर रहते हैं।

तरबूज़ लाल तरबूज़ : महा-मरुस्थल के कुछ भागों में इतनी चुप्पी है कि वहां आप अपने को सोचता हुआ सुन सकते हैं।

मक़सूद घोड़ा : चीन के एक प्रसिद्ध स्थान पर इतना मलेरिया है। कि वहां के मच्छरों को भी मलेरिया हो जाता है। ख़ूब बुख़ार चढ़ता है।

शैतान : आजकल मैं बंदूक खूब चलाता हूं। मेरे निशाने का अनुमान इससे लगाया जा सकता है कि कल मैंने एक गोली चलाई और दूसरी गोली से पहली के टुकड़े उड़ा दिए।

लोमड़ीचंद 'जड़ाऊ' : हमारे यहां एक बहुत पुराना क्लॉक है।

उसके पेंडुलम की परछाईं दीवार पर दस साल से पड़ रही है और दीवार पर परछाईं का निशान पड़ गया है।

हकीम उम्र अय्यार : जब मैं घोड़े पर सवार होकर हिमालय पर्वत की सैर कर रहा था, तो शाम को मैंने बर्फ़ पर एक वृक्ष के नीचे अपना बिस्तर लगाया, और घोड़े को वृक्ष से बांधकर सो गया। सुबह क्या देखता हूं कि बर्फ़ पिघल चुकी है। मैं वृक्ष की चोटी पर बैठा हूं और घोड़ा टहनियों से लटक रहा है।

खाना शुरू हुआ।

"तरकारी में हल्दी ज़रा कम है।" एक सज्जन बोले। कई सज्जनों ने उनका समर्थन किया। खाना समाप्त हो चुकने के बाद छोटी-छोटी पुड़ियां बंटीं, पूछा यह क्या है?

शैतान बोले, "इनमें हल्दी है। जिन सज्जनों ने हल्दी की कमी को बुरी तरह महसूस किया है, वो अब फांक लें।"

अब गाने की बारी आई। बड्डी को पकड़ लिया कि गाओ। वह बहाने करने लगा, लेकिन कोई न माना और बड्डी को गाना पड़ा।

बड्डी के बाद शैतान की बारी आई। बोले, "मैं ख़ुद तो बिल्कुल नहीं गा सकता। हां, किसी मशहूर गायक की नक़ल उतार सकता हूं। मिसाल के लिए अब मैं उस्ताद अब्दुल करीम ख़ां की नक़ल उतारूंगा।" कहकर शैतान ने गाना शुरू किया और ख़ूब गाया। किसी को अनुमान तक न था कि शैतान इतना अच्छा गा सकते हैं। ख़ूब प्रशंसा हुई। शैतान बोले, "साहिबान, यह तो नक़ल थी, मैं स्वयं तो बिल्कुल नहीं गा सकता।"

वो महाशय बोले, "बहुत अच्छा मालकौंस था...तुम्हें कौन-कौन-से राग आते हैं?"

शैतान आदरपूर्वक बोले, "सिर्फ़ दो राग आते हैं। एक तो वह जो

मालकौंस है, और दूसरा वह जो मालकौंस नहीं है।'' उत्सव समाप्त हो रहा था, इसलिए सब अपनी-अपनी चीज़ें इकट्ठा करने लगे। उन महाशय के हाथ में टॉर्च थी और वे कुछ ढूंढ़ रहे थे। शैतान ने इस बारे में पूछा। वे बोले, "दियासलाई ढूंढ़ रहा हूं।"

"क्या आप अपनी टॉर्च जलाना चाहते हैं? यह लीजिए।' यह कहकर शैतान ने दियासलाई उनके हाथ में दे दी।

उसके बाद सब खड़े हो गए और शैतान ने प्रार्थना की (हमारा हर उत्सव इसी प्रार्थना पर समाप्त होता था)। शैतान सिर झुकाकर बोले, "ऐ ख़ुदा, हमें उल्लू की-सी अक़्ल दे और ऊंट का-सा इत्मीनान। हमें ऐसी दूरअंदेश आंखें दे जिसके लिए ऐनक की ज़रूरत न पड़े। हमारे ख़यालात की रफ़्तार ऐसी तेज़ हो कि आंधी को भी पीछे छोड़ जाए। हममें कम-से-कम दस हॉर्स पावर की ताक़त हो। हमारी रूह और दिल में टेलीफ़ोन का सिलसिला जुड़ जाए और तू ख़ुद वायरलेस द्वारा हमें सच्चे रास्ते पर चलने का हुक्म दे। आमीन! आमीन! आमीन!"

सबने जोर से कहा, "आमीन! आमीन! आमीन!" (सिवाय महाशयों के) और उत्सव समाप्त हुआ।

और मैंने शैतान से साफ़-साफ़ कह दिया कि उन महाशय के सामने ऐसी-ऐसी हरकतें करने के बाद उस कुटुम्ब में सर्वप्रिय तो क्या प्रिय तक नहीं हो सकते।

शनिवार को टीम का चुनाव होने लगा। रविवार को हमारा वार्षिक और अत्यंत महत्त्वपूर्ण क्रिकेट मैच था। इस बार हम बाहर जा रहे थे। रात-भर का सफ़र था। शनिवार की रात को चलकर रविवार की सुबह को वहां पहुंचना था। शैतान ने आग्रह किया कि उन्हें ज़रूर खिलाया जाए। कप्तान हिचकिचाता था, क्योंकि शैतान खिलाड़ी कुछ वैसे ही थे। उनका अधिक-से-अधिक स्कोर पांच रन था। उनके प्रिय स्ट्रोक दो थे, ऑफ-बाई और लेग-

बाई। अपने जीवन में उन्होंने दो कैच भी लिए। थे। पहला इस प्रकार की कि एक मैच में शैतान और मैं स्लिप में खड़े बातें कर रहे थे। मैंने कोई चुटकुला सुनाया, जो उनको बहुत पसंद आया। हंसकर बोले, मिलाओ हाथ। उन्होंने मेरी ओर हाथ बढ़ाया और शप से एक गेंद उनके हाथ में आ गई। खिलाड़ी आउट हो गया। यह बात और थी कि बहुत ही अच्छा खिलाड़ी आउट हुआ था और शैतान ने कमाल का कैच लिया था। दूसरा यूं कि प्रतिद्वंद्वी खिलाड़ी ने ज़ोर से हिट लगाई और गेंद पेड़ में उलझ गई। शैतान लपककर पेड़ पर चढ़ गए। गेंद उतार लाए और एम्पायर से प्रार्थना की कि गेंद पृथ्वी से ऊंची थी कि कैच कर ली गई। बड़ा झगड़ा हुआ। जब नौबत सत्याग्रह तक पहुंची, तो सबने मान लिया कि वास्तव में शैतान ने यह कैच लिया है।

मैंने बहुत कोशिश की कि उन्हें बारहवां ही रख लिया जाए। आख़िर शैतान स्कोरर के रूप में शामिल कर लिए गए। वे अपने इस निरादर पर रुष्ट अवश्य थे।

शाम को हम स्टेशन पर पहुंचे। गाड़ी रात के बारह बजे आती थी और सुबह सात बजे अपने स्थान पर जा पहुंचती थी। शैतान ने सूचना दी कि एक इंटर का डिब्बा यहां से उसी ट्रेन में लगाया जाता है। वह डिब्बा उस समय स्टेशन के एक अंधेरे कोने में खड़ा है। बड़ी सुविधा होगी यदि हम अभी से उस पर अधिकार कर लें और बिस्तर बिछाकर सो जाएं। युक्ति अच्छी थी। हम सब शैतान के साथ हो लिए। कप्तान ने छानबीन की। इधर-उधर से सुंघा। जब अच्छी तरह से तसल्ली हो गई, तो हमें आज्ञा दे दी। हमने बिस्तर बिछाए। हलकी-हलकी सर्दी थी, इसलिए दरवाज़े और खिड़कियां बंद कर दीं और बत्ती बुझाकर लेट गए। शैतान का आग्रह था कि तुरंत सो जाएं। कल मैच है, लेकिन नौ-दस बजे किस को नींद आती है! इधर-उधर की बातें होने लगीं। आख़िर शैतान ने ज़बरदस्ती पकड़कर सबको सुला दिया।

रात को मेरी आंख खुली। बिल्कुल अंधेरा था। इधर-उधर झांका।

धीरे से बोला, "रूफ़ी!"

आवाज़ आई, "हां।"

"क्या बजा होगा?"

"मालूम नहीं, बस, तुम अभी सो जाओ।"

"गाड़ी किसी स्टेशन पर खड़ी है शायद?"

"शायद!" शैतान बोले।

मैंने बहुत कोशिश की, लेकिन नींद न आई। इतने में दो-तीन लड़के उठ खड़े हुए और समय पूछने लगे।

"मैं कोई घड़ी हूं या चौकीदार?" शैतान रुष्ट होकर बोले, "अगर इसी तरह रात-भर जागते रहे, तो क्या ख़ाक खेलोगे?"

"लेकिन दोस्त रूफ़ी, यह गाड़ी चलती क्यों नहीं? देर से खड़ी है"

"किसी बड़े स्टेशन पर खड़ी होगी, या कहीं क्रॉस होगा।" शैतान बोले।

एक साहब ने खिड़की खोलनी चाही। शैतान ने एक डांट बताई, ख़बरदार! जो किसी ने खिड़की खोली। मुझे ठंडी हवा लगते ही खट से निमोनिया हो जाता है। आख़िर तुम लोग सो क्यों नहीं जाते?"

सब चुप हो गए। मेरी आंख लग गई। थोड़ी देर के बाद फिर जाग उठा। डिब्बे में बहस हो रही थी। सब कह रहे थे कि गाड़ी खड़ी है, लेकिन शैतान विश्वास दिला रहे थे कि चल रही है। उन्होंने विज्ञान के कुछ नियम बताकर प्रमाणित कर दिया कि जब गाड़ी तेज़ी से चल रही हो, तो सवारियों को हरकत महसूस नहीं होती, और यूं मालूम होता है जैसे खड़ी हो।

इतने में एक गाड़ी तेज़ी से पास की पटरी पर से गुज़र गई। शैतान विजयपूर्ण स्वर में बोले, "यह देखा! हमारी गाड़ी ने एक स्टेशन छोड़ा

है।''

शायद सब संतुष्ट हो गए और थोड़ी देर में सो गए।

जब मेरी आंख खुली तो मुझेकुकड़ू-कूं सुनाई दी। कुछ मुर्ग़े बड़े ज़ोर से बांगें दे रहे थे।

रूफ़ी!" मैंने धीरे से कहा।

"हिश्त!" शैतान बोले, "सो जाओ!"

"ये मुर्ग़े कहां बोल रहे हैं?"

कुछ व्यक्ति उठ खड़े हुए। सब यही पूछने लगे कि ये मुर्ग़े कहां बोल रहे हैं?

शैतान ने झल्लाकर कहा, "यह तुम लोगों को हो क्या गया है? मुझे सोने क्यों नहीं देते। दोज़ख में जाएं मुर्ग़े और जन्नत में जाओ तुम सब। इतनी-सी बात नहीं समझ सकते कि साथ के डिब्बे में किसी मुसाफ़िर के मुर्ग़े हैं, जो बोल रहे हैं। क्या मुर्ग़े साथ लेकर सफ़र करना जुर्म है?"

फिर चुप्पी छा गई, लेकिन शीघ्र ही एक कोने में खुसर-पुसर शुरू हो गई और एक साहब ने दरवाज़ा खोल दिया। देखते क्या हैं कि सुबह का सुहाना समय है। पक्षी चहचहा रहे हैं। पवन मंदगति से अठखेलियां करती फिर रही है। मुर्ग़े बांगें दे रहे हैं और डिब्बा वहीं खड़ा है, जहां रात था। एक कुली जा रहा था। उससे स्टेशन का नाम पूछा गया। मालूम हुआ कि हम सचमुच उसी स्टेशन पर हैं, जहां से कल रात चले थे।

शाम को चाय पी रहे थे कि बड्डी आ गया। शैतान बोले, "बड्डी, आज क्या पका है?'

बड्डी ने कुछ खानों के नाम गिनवा दिए। शैतान ने ताज़ा समाचार पूछा। बड्डी ने ताज़ा समाचार सुना दिए। शैतान ने शहर की सर्वोत्तम पिक्चर का नाम पूछा।

बड्डी बोला, "ग़रीब माशूक़ उर्फ़ ग़रीब माशूक़ा।''

"और मैं कुछ मोटा तो नहीं हो गया?"

"मोटा? मोटे क्या, तुम तो बाक़ायदा दुबले भी नहीं हो।' बड्डी बोला।

बड्डी को अपना घर याद आ रहा था। वह अपने घर की बातें करने लगा। वहां के सुंदर दृश्य, सुहानी ऋतु, सगे-सम्बंधी...

शैतान बोले, "तुम अपने घर के बारे में कुछ इस तरह से बात करते हो कि कभी-कभी तो मुझे भी तुम्हारा घर याद आने लगता है।"

हम ताश खेलने लगे। शैतान के कहने पर तय हुआ कि आज शर्त लगेगी।

"कल मैंने एक बेहद सुहाना ख़्वाब देखा", मैंने कहा, "बेहद। सुहाना! बस, सुनने से मतलब रखता है, आहा-हा!"

लेकिन शैतान चुप थे।

"सुनाऊं?" मैंने पूछा।

"बिल्कुल नहीं!" शैतान बोले।

"ऐसा सपना है कि..."

"'बिल्कुल नहीं! हरगिज़ नहीं।" शैतान ने कहा।

"बड़े ख़ुदगर्ज़ हो रूफ़ी! बड़ा अफ़सोस है, तुमने हमारे ख़्वाब की बेइज़्ज़ती कर दी।"

"भई, इस वक़्त किसी तरह का सपना सुनने को जी नहीं चाहता। आज मैं कुछ उदास-सा हूं।"

मालूम हुआ कि शैतान ने आज शैतान की प्रेमिका को देखा था। वे उनके घर गए थे।

"आख़िर हुआ क्या?" बड्डी ने पूछा।

"यह पूछो कि क्या नहीं हुआ? आज मैंने ऐसा सीन देखा कि ख़ुदा की क़सम ख़ुदकुशी करने को जी चाहता था, लेकिन तुम लोगों की वजह से ज़िंदा रहना पड़ा। आज मैंने देखा कि एक रुपए-पैसे वाले साहब उस लड़की को देखने आए थे। पहले तो उन दोनों का तआरुफ़ कराया गया, फिर लड़की की बाक़ायदा नुमाइश शुरू हुई। चाय पर बुलाई गई। उसके काढ़ने-बुनने के नमूने दिखाए गए और आख़िर में लड़की ने गाना गाया..."

"कौन-सा राग था?" मैंने बड़ी उत्सुकता से पूछा।

"मालकौंस नहीं था, लेकिन उस सारी नुमाइश में मुझे उसका गाना बहुत बुरा लगा। अब मैं उस लड़की से बहुत मायूस हूं। मक़सूद घोड़ा सच कहता था कि वह इतनी हसीन भी नहीं है। उससे तो वह सफ़ेद दुपट्टे वाली ही अच्छी थी। अब मुझे मोहब्बत से नफ़रत और नफ़रत से मोहब्बत होती जा रही है।"

"सच?" हम दोनों ने पूछा।

"बिल्कुल।"

"तुम्हारी मोहब्बत भी तो तुरप चाल की तरह है," बड्डी बोला, "एकदम शुरू हो जाती है और बिल्कुल ज़रा-सी देर रहती है।"

"और रंग बदलती रहती है।" मैंने गिरह लगाई।

तुरप चाल!" शैतान ने पत्ता पटका।

मैं और बड्डी एक-दूसरे का मुंह देखने लगे।

"पत्ते डालते जाओ", शैतान बोले, "इस वक़्त पांच बजे हैं। बड्डी, मुझे मालूम है कि सड़क पर एक बड़ी ख़ूबसूरत गाय जा रही है और यह भी मालूम है कि सोफ़े के पीछे कोई नहीं है। यह तुम बदरंग क्यों डाल रहे हो, कह जो दिया, तुरप चाल?..."

कन्हैयालाल कपूर

नाम : कन्हैयालाल कपूर। शरीर बहुत दुर्बल। क़द छः फुट के लगभग। अपने शरीर के अतिरिक्त सबसे अधिक अपने नाम से चिढ़, क्योंकि यह पंद्रहवीं शताब्दी का प्रतीत होता है।

जन्म : 27 जून सन् 1910 को हुआ। शिक्षा एम.ए. (अंग्रेज़ी)। 1984 से 1947 तक डी.ए.वी. कॉलेज, लाहौर में अंग्रेज़ी पढ़ाते रहे। इसके पश्चात् डी.एम. कॉलेज, मोगा में नौकरी कर ली।

संग-ओ-ख़िश्त, शीशा-ओ-तेशा, चंग-ओ-रबाब, नोंके-नश्तर, बाल-ओ-पर आदि आरम्भ की चर्चित पुस्तकें रहीं। सारांश यह कि पंजाबी बोलते, उर्दू लिखते और अंग्रेज़ी पढ़ाते रहे। पत्नी केवल एक, लेकिन बच्चे छः।

वाक़िफ़यत

कुछ दिन हुए एक बुज़ुर्ग गांव से पधारे।

कहने लगे, "ख़ान अकड़बाज़ खां, सब-इंस्पेक्टर, फलां पुलिस स्टेशन को जानते हो?"

मैंने कहा, "नहीं।"

"हवलदार तलवार सिंह से परिचय है?"

"नहीं।"

"श्यामलाल सिपाही को पहचानते हो?"

"नहीं?"

मेरे उत्तर सुनकर वे झल्लाकर बोले, "बेड़ा गर्क!"

मैंने पूछा, "किसका?"

फ़रमाया, "मेरा, तुम्हारा और अख़्तर का!"

मैंने घबराकर पूछा, "बात क्या है?"

उन्होंने माथे से पसीना पोंछते हुए उत्तर दिया, "अख़्तर का स्वभाव तुम ख़ूब जानते हो। आए दिन झगड़ा मोल लिए बिना उसे चैन नहीं

पड़ता। परसों अपने सुपरिंटेंडेंट पर चाकू से हमला कर दिया। पुलिस छानबीन कर रही है। मैंने सोचा, तुम्हारी पुलिस वालों से दोस्ती होगी और मिल-मिलाकर मामला ठंडा हो जाएगा, लेकिन तुमने तो लुटिया ही डुबो दी।"

मैंने गम्भीरतापूर्वक कहा, "लाहौर में केवल दो आदमियों को जानता हूं, एक है मातादीन पनवाड़ी और दूसरा चिरंजीलाल धोबी।"

उन्होंने एक बार फिर ज़ोर से कहा, "बेड़ा गर्क।" और तशरीफ़ ले गए। तीन सप्ताह के बाद फ़िर मेरे पास आए और पूछने लगे, "हीरालाल सब-जज को जानते हो?"

"नहीं।"

"मोतीलाल रीडर से जान-पहचान है?"

"नहीं?"

"चांसदीलाल चपड़ासी से सिफ़ारिश करा सकते हो?"

"नहीं!"

क्रोध में आकर उन्होंने अपना तकिया-कलाम दोहराया और चले गए।

उनके चले जाने के बाद मुझे अपनी सीमित जान-पहचान पर सचमुच आश्चर्य हुआ। मैंने सोचा, 'आज तो अख़्तर का मामला है, कल यदि स्वयं मुझ पर कोई आपत्ति आ जाए तो?' बहुत कुछ सोचने के बाद इस परिणाम पर पहुंचा कि वाक़फ़ियत का दायरा विस्तृत किया जाए। मेरे मोहल्ले में एक सब-जज रहते हैं। मैंने कहा, चलो वाक़फ़ियत का श्रीगणेश उनसे ही किया जाए। एक इतवार की सुबह उनकी कोठी पर उपस्थित हुआ। कार्ड भेजा। वेटिंग-रूम में जहां बहुत-से 'मुलाक़ाती' विराजमान थे, मुझे भी बिठा दिया गया। समाचार-पत्रों के पन्ने उलटे, जम्हाइयां लीं। एक पैकेट सिगरेटों का

समाप्त किया। दरबान की मिन्नतें कीं। आख़िर जब सब मुलाक़ाती एक-एक करके विदा हो गए तो मेरी बारी आई। कमरे में प्रवेश करते ही झुककर सलाम किया। सब-जज साहब ने चश्मा उतारा। एक सेकंड के लिए मेरी ओर देखा। चश्मा लगा लिया। कुर्सी पर बैठने का संकेत किया, फिर चश्मा उतारा और फ़रमाया, "कहिए।'

मैंने मुस्कुराकर कहा, "फ़रमाइए।"

"कैसे आना हुआ?"

"यूं ही।"

कुछ क्षणों तक हम दोनों चुपचाप बैठे रहे। सहसा मुझे ख़याल आया कि अब विषय बदलना चाहिए; मैंने कहा, "बहुत गर्मी पड़ रही है।''

"हूं!"

"लाहौर की गर्मी से भगवान बचाए!"

"हूं!"

लेकिन जनाब, लाहौर की सर्दी तो गर्मी से भी अधिक कष्टदायक होती है।"

"हूं।"

उन्होंने माथे पर त्योरी डालकर कहा, "अब केवल पतझड़ की बात रह गई है, उसके बारे में भी कुछ कह डालिए।"

मैंने सादर निवेदन किया, "हुज़ूर, वसंत ऋतु को तो आप भूल ही गए।"

कुछ क्षणों तक फिर चुप्पी रही। मैंने सोचा, अब फिर विषय बदलना चाहिए।

"आख़िर जंग ख़त्म ही हो गई।"

"जी हां?"

"आख़िर हिटलर मर ही गया।"

"जी हां!"

"आख़िर आस्ट्रेलियन टीम जीत ही गई।"

उन्होंने तुनककर कहा, "काम की बात कीजिए।"

मैंने निवेदन किया, "अगर मेरी बातें पसंद नहीं, तो आप ही कोई बात सुनाइए।"

"मैं आपकी तरह बेकार नहीं हूं।"

मैंने बेतक़ल्लुफी का वातावरण उत्पन्न करने की कोशिश करते हुए कहा, "यूं कहिए, आपको बातें बनानी नहीं आतीं।"

उन्होंने झुंझलाकर फ़रमाया, "आपका मतलब?"

"कुछ नहीं', मैंने बात टालते हुए उत्तर दिया, "सुनिए, मैं आपको एक बहुत दिलचस्प बात सुनाता हूं। हमारे मोहल्ले में, मेरा मतलब है, जिस मोहल्ले में आप भी रहते हैं, मातादीन पनवाड़ी की दुकान है। उसके पास एक बकरी है, जिसकी पांच टांगें हैं। आपने शायद वह बकरी नहीं देखी। सुना है, वह बकरी तीन सेर दूध..."

क्षमा कीजिए। मेरे पास व्यर्थ की बातों के लिए समय नहीं है। आप तशरीफ़ ले जाइए।'

"ज़रूर, ज़रूर, लेकिन कभी-कभी मिला कीजिए। मेरा मकान क़रीब ही है। मातादीन पनवाड़ी से पूछ लीजिएगा।"

वे कुछ बुड़बुड़ाए। मैं लज्जित-सा होकर कमरे से बाहर चला आया।

सब-जज साहब के यहां दाल गलती न देखकर मैंने पुलिस स्टेशन की ओर रुख़ किया। सोचा, पुलिस वाले बड़े काम के लोग होते हैं, उनसे ही दोस्ती गांठी जाए। पुलिस स्टेशन के निकट पहुंचा। देखा, एक सिपाही बंदूक उठाए पहरा दे रहा है, दो सिपाही एक मुलज़िम की मरम्मत कर रहे हैं और एक हवलदार एक भिश्ती को गालियां दे रहा है।

दफ़्तर में प्रवेश किया। मुहर्रिर को सलाम किया। उन्होंने पत्थर खींच

मारा, "आप कौन हैं? यहां क्यों आए हैं?"

निवेदन किया, 'इंस्पेक्टर साहब से मुलाक़ात करना चाहता हूं।"

पूछा, "आपका नाम?''

नाम बताया।

फिर पूछा, "बाप का नाम? जाति, पेशा, निवास-स्थान?"

मैंने कहा, "ये सब मत पूछिए, मैं सिर्फ़ दो-चार मिनट के लिए इंस्पेक्टर साहब से मिलना चाहता हूं।"

फ़रमाया कि इंस्पेक्टर साहब शहर के कुछ सम्मानित नागरिकों से बातचीत कर रहे हैं, इसलिए आध घंटे से पहले नहीं मिल सकते।

दफ़्तर में बैठ गया और इधर-उधर झांकने लगा। बाईं दीवार पर पंद्रह-बीस हथकड़ियां लटकी हुई थीं। दाईं दीवार पर लटके हुए ब्लैक-बोर्ड पर हवालात में बंद क़ैदियों की संख्या लिखी हुई थी। सामने की दीवार पर उन लोगों के चित्र फ्रेम में लगे हुए थे, जो विभिन्न अपराध करने के बाद ग़ायब हो गए थे और जिनकी गिरफ़्तारी के लिए सरकार ने पुरस्कार नियत कर रखे थे। एक बात रह-रहकर मेरे दिल में खटक रही थी, उनमें से बहतों का हुलिया मुझसे मिलता था। मैं सोचने लगा कि यदि इंस्पेक्टर साहब को संदेह हो गया तो? इतने में हेडक्लर्क ने कहा, "आप अंदर जा सकते हैं।'

इंस्पेक्टर साहब को झुककर सलाम किया और बातचीत का प्रारम्भ इस वाक्य से किया, "इंस्पेक्टर साहब, आपका पेशा भी अजीब है। हमेशा चोरों, बदमाशों से पाला पड़ता है।"

वो कुछ नाराज़-से हो गए और कहने लगे, "हमेशा नहीं। अभी आपके आने से पहले कुछ बड़े प्रतिष्ठित लोगों से बातचीत कर रहा था।''

मैंने धीरे से कहा, "मैं शिक्षा विभाग में काम करता हूं। शिक्षा विभाग

सबसे अधिक शिष्ट विभाग है।"

"आप यहां कैसे तशरीफ़ लाए?"

"इंस्पेक्टर साहब, मैं आपसे एक बात पूछना चाहता हूं। मान लीजिए कि मेरा कोई मित्र हंसी-मज़ाक़ में, मेरा मतलब है, क्रोध की अवस्था में, किसी की हत्या कर बैठे, तो आप उसके साथ क्या सलूक करेंगे?"

"मैं उसे ज़ेरे-दफा 302 ताज़ीराते-हिंद गिरफ़्तार कर लूंगा।'

देखिए, इंस्पेक्टर साहब, भगवान के लिए ऐसा न कीजिएगा। कम-से-कम इस बात का लिहाज़ कीजिएगा कि वह मेरा मित्र है, मैं शिक्षा विभाग में काम करता हूं और शिक्षा विभाग सबसे अधिक शिष्ट..."

"कर्त्तव्य, कर्तव्य है।" उन्होंने गरजकर कहा।

"सुनिए, इंस्पेक्टर साहब, वायदा कीजिए कि आप उसे कुछ नहीं कहेंगे और मैं वायदा करता हूं कि प्रिंसिपल साहब से सिफ़ारिश करके आपके लड़के की फ़ीस आधी करा दूंगा।"

"मुझे ऐसी भीख की ज़रूरत नहीं। आप मुझे यह बताइए कि हत्यारा कौन है, इस समय वह कहां है और घटना किस जगह हुई है?"

"इंस्पेक्टर साहब, आप भी अजीब हैं! हद है, मैं तो ऐसे अपराध के सम्बंध में कह रहा था, जो अभी हुआ नहीं और आप अपराधी को फांसी पर लटकवाने के सपने देख रहे हैं।"

"अगर यह बात है तो आप व्यर्थ में मेरा समय नष्ट कर रहे हैं।"

"अच्छा, सुनिए! मैं कोशिश करके सारी फ़ीस माफ़ करा दूंगा। कहिए, यह सौदा आपको स्वीकार है?"

"व्यर्थ की बातें न बनाइए और पुलिस स्टेशन से अभी बाहर चले जाइए।"

पुलिस स्टेशन से वापस घर आ रहा था। रास्ते में पागलख़ाना पड़ता था। मैंने सोचा, चलो पागलख़ाने के सुपरिंटेंडेंट साहब से ही परिचय प्राप्त

किया जाए। न जाने किस समय कोई मित्र पागल हो जाए। सुपरिंटेंडेंट साहब से मुलाक़ात की।

अभी मैंने ज़बान हिलाई ही थी कि एक नौकर ने आकर कहा, जनाब, नम्बर पच्चीस तीन घंटे से चिल्ला रहा है, 'मैं हुक्म का यक्का हूं। क्या किया जाए?"

सुपरिंटेंडेंट साहब चीख़े, "उस हरामी के कोड़े लगाओ, ठीक हो जाएगा।"

इतने में एक और नौकर यह संदेश लाया, "हज़ूर, नम्बर बत्तीस ने सलाखों के साथ सिर पटक-पटककर अपने आपको लहू-लुहान कर लिया है।''

सुपरिंटेंडेंट साहब ने फ़रमाया, "उसकी मुश्के कस दो और अस्पताल में पहुंचा दो।"

यह आदेश देने के बाद मेरी ओर मुड़े, "आप कैसे पधारे? किसी रिश्तेदार से मुलाक़ात करना चाहते हैं?"

मैंने कहा, "मैं आपसे मिलने आया हूं।"

''फ़रमाइए!"

सुपरिंटेंडेंट साहब, अगर मेरा कोई लेखक-मित्र पागल हो जाए और पुकारना शुरू कर दे, 'मैं प्रेमचंद हूं, मैं टैगोर हूं, मैं कालिदास हूं', तो आप उसके साथ क्या सलूक करेंगे?''

"मैं उसे प्यार से समझाऊंगा कि प्यारे, तुम प्रेमचंद नहीं दुनीचंद हो।"

"अगर वह न माने?"

"तो मैं उसे कोड़े लगाऊंगा।"

ऐसा गज़ब न कीजिएगा सुपरिंटेंडेंट साहब! लेखक तो पहले ही अधमरे होते हैं।'

"आपको शायद पता नहीं कि पागल आदमी केवल चाबुक से डरता हैं।

"क्या आप यह नहीं कर सकते कि उसे शम्स-उल-उलेमा या महामहोपाध्याय की उपाधि दिला दें?"

"आप अजीब बातें करते हैं।"

"मैं अजीब बातें करता हूं या आप! जरा किसी से पूछिए तो!"

"किससे पूछूं? यहां तो सब पागल रहते हैं।"

"पागल लोग बड़े समझदार होते हैं, सुपरिंटेंडेंट साहब, शेक्सपियर ने कहा है, प्रेमी, कवि और पागल एक ही थैली के चट्टे-बट्टे हैं।"

सुपरिंटेंडेंट साहब ने अर्थपूर्ण नज़रों से मेरी ओर देखा और धीरे से कहा, "हूं, तनिक मेरे निकट आइए और मुझे अपनी आंखों में एक मिनट के लिए झांकने दीजिए।"

मैंने कहा, "अजी मैं किस योग्य हूं? यदि आपको सचमुच आखों जों में आंखें डालने की लालसा है, तो किसी अच्छी चीज़ से आंखें लड़ाइए।"

सुपरिंटेंडेंट साहब पैतरा बदलकर कहने लगे, "आप क्या काम करते हैं?"

"पढ़ाता हूं।"

"कितने घंटे काम करते हैं?"

"बारह घंटे।"

"दूध पीते हैं।"

"कभी-कभी।"

"नींद का क्या हाल है?"

"जिस दिन पांच पीरियड पढ़ाता हूं, उस दिन नींद नहीं आती।"

"हूं, मुझे पहले ही संदेह था।"

यह कहकर उन्होंने ज़ोर से घंटी बजाई। एक चपरासी भागा हुआ आया। मेरी ओर संकेत करके कहने लगे, "इन्हें पहचानते हो? मेरा ख़याल है, यह वही हैं, जो पिछले साल कमरा नम्बर चालीस से भागे थे।"

चपरासी ने बड़े ध्यान से मेरी ओर देखने के बाद निर्णय दिया कि मैं चालीस नम्बर से मिलता अवश्य हूं, किंतु चालीस नम्बर नहीं हूं।

सुपरिंटेंडेंट साहब ने कहा, "आप तशरीफ़ ले जा सकते हैं। देखिए काम की मात्रा तनिक कम कर दीजिए।"

घर में प्रवेश करने से पहले क्षण-भर के लिए मैं मातादीन पनवाड़ी की दुकान पर रुका। मातादीन ने कहा, "कहिए क्या हाल है?"

"आपकी कृपा है। बकरी का क्या हाल है?"

"अजी साहब, बकरी तो कमाल कर रही है; अब सवा तीन सेर दूध देती है।"

"सच?"

हां, साहब, लेकिन आज आपकी आंखें क्यों लाल हो रही हैं?

"धूप में चलता रहा हूं।"

"नहीं, साहब, यह बात नहीं है, आपका जिगर बढ़ गया है, बकरी का दूध पिया कीजिए। कहें तो भिजवा दूं।"

"ज़रूर, ज़रूर।"

"हां साहब, स्वास्थ्य का अवश्य ख़याल रखा कीजिए। स्वास्थ्य नहीं तो कुछ भी नहीं।"

इस्मत चुग़ताई

शिक्षा बड़े बेढंगेपन से हुई। अध्यापक हमेशा निराश रहे। अलीगढ़ और लखनऊ में पढ़ीं। अध्ययन का शौक़ बेढब। नहीं पढ़तीं, तो दैनिक पत्र तक नहीं पढ़तीं और जो पढ़ना शुरू करतीं तो दिन-रात एक हो जाते। यही हाल लिखने का रहा।

सबसे पहला लेख *बचपन* लिखा था, जो *तहजीब-ए-नसवां* (पत्रिका) को भेजा, जिसके सम्पादक इमत्याज़ अली साहब ने लिखा कि इस लेख में कुरान की तालीम का मज़ाक़ उड़ाया है। लिखने का इरादा ठप्प, फिर किसी तरह *फ़सादी* (कहानी) लिखी और साहस करके *साक़ी* को भेज दी, परंतु यह भी लिख दिया कि ख़ुदा के लिए कहानी पर उनका नाम न छापा जाए।

वास्तव में बदनामी का भय था कि लोग क्या कहेंगे। पता नहीं इतना गुमनाम होते हुए भी बदनामी का भय क्यों था?

1938 से बराबर लिखा। कहानियों के संग्रह, ड्रामा *धानी बांके*, नावलेट *ज़िद्दी* और उपन्यास *टेढ़ी लकीर* बहुत चर्चित हुए। फ़िल्म लाइन में रहीं।

अंधेरा

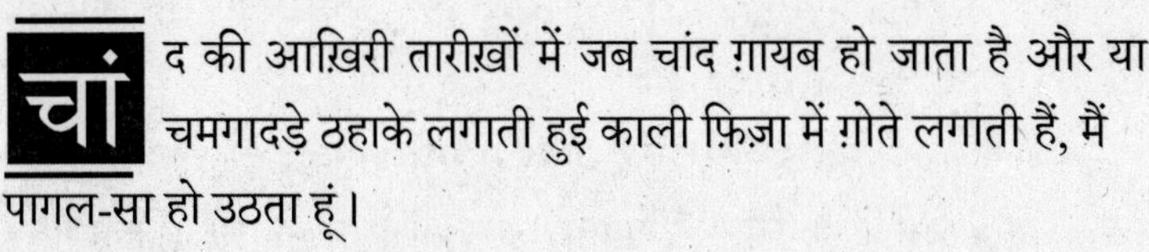

चांद की आख़िरी तारीख़ों में जब चांद ग़ायब हो जाता है और या चमगादड़े ठहाके लगाती हुई काली फ़िज़ा में ग़ोते लगाती हैं, मैं पागल-सा हो उठता हूं।

"आमों वाले बाग के पीछे!"

उस दिन मेरे कानों में कोई गुनगुना रहा था,...लेकिन फिर वही...कहीं यह भी उसी की तरह चरका?...ख़ैर!

...मैंने यूसुफ़ से कहा, "यार, मेरी आवाज़ बनाकर हाज़िरी बोल देना।" और सीधा स्टेशन की तरफ़ उड़ा। अभी ग्यारह बजने में डेढ़ घंटा बाक़ी था। मेरे हाथ न जाने क्यों कांप रहे थे! मैंने चिढ़कर दो पेग और पी लिए और देर तक वेटिंगरूम के सामने टहलता रहा।

'ठना...ठन' ग्यारह का घंटा एक घन की तरह मेरे कलेजे पर पड़ा। दो बार पैर पैडल पर से फिसलकर वापस सीढ़ी से टकराया। तीसरी कोशिश में दूसरी तरफ़ गिरते-गिरते बचा। आज साइकिल भी ज़ोर दिखा रही

थी, जैसे उसे मेरी कमज़ोरी का पता चल गया हो। हवा एक बिफरी हुई नागिन की तरह मेरी साइकिल के पहियों से ज़ोर-आज़माई कर रही थी। आगे का पहिया मस्त शराबी की तरह झूम रहा था।...मैं साइकिल से चिमट जाना चाहता था। डिग्गी वाली सड़क पर से होता हुआ मैं दाहिने हाथ वाली कच्ची सड़क पर मुड़ गया। धूल और गड्ढ, शाम को उधर से गुज़रने वाले मवेशियों का गोबर, इन सबसे बचता हुआ दूधपुर की सड़क पर निकल गया।

"आ गए...बाबूजी!" उसने पुलिया के नीचे से रेंगकर कहा, "ऊं...कब से ठाड़ हन!" वह रूठने के अंदाज़ में बोली।

मैंने साइकिल को पेड़ से लगाकर डाल दिया और एक राजा की तरह पुलिया पर बैठ गया।

वह मेरे घुटने पर ठोड़ी रखकर अंधेरे में मेरी आंखें ढूंढ़ने लगी, पर रात अंधेरी थी, "अरे, तुझे ठंड नहीं लगती?" मैंने अंधेरे में ही उसे टटोला। वह गर्म पानी की बोतल की तरह गर्म और पसीजी हुई थी। उसने केवल एक गहरी सांस ली और हंस दी,. "ऊं हूं।"

मैंने पसीने, बासी खाने और ख़ाक-धूल में बसे भबके से बौखलाकर कहा, "चुडैल!"

"का करें?...ही-ही-ही।" वह फिर हंसी और अपने सिर को खुजाने की कोशिश करने लगी। बालों का जाल सड़े हुए तेल, धूल और मैल में गुंथे हुए सिर पर एक टोपी की तरह मढ़ा हुआ था, पर पुलिया के नीचे सड़ने वाले पत्तों की महक, आम के ताज़ा-ताज़ा बौर की सुगंध, ख़ुद उसके जिस्म की बसांद, मिल-जुलकर मुझे बदहवास करने लगी। उसका बात-बात पर खिलखिलाना, कांसे के कड़ों की झनकार...मैं सब कुछ भूल गया...दूर सुनसान फ़िज़ा में चमगादड़ ने कहकहा लगाया। मेरी पीठ पर कनखजूरे-से रेंगने लगे।... हवा दिक़ के मरीज़ की तरह लम्बी-लम्बी

सांसें खींच रही थी।...रात की कलौंछ और गहरी हो गई।

जब मैं लौटा तो सफ़िया के कमरे में अभी तक लालटेन जल रही थी। मैं धीरे-धीरे ज़ीने पर चढ़ने लगा, लेकिन शायद वह जाग गई, क्योंकि रोशनी ग़ायब हो गई।...मेरा सिर झुक गया।

"सफ़्फ़ो!" मैंने सुबह उसे प्यार से पुकारा।

"हां, भैया!" वह दुपट्टा ओढ़ती हुई कमरे से निकली। उसकी आंखों से रात को जागने के आसार साफ़-साफ़ ज़ाहिर थे। हलकी-सी ज़र्दी की झलक और आंखें झुकी हुईं। मेरा जी चाहा कि दौड़कर उसके पैर पकड़ लूं। मेरी नन्ही-सी बहन, जो एक ही वक़्त में मेरे लिए मां, बहन

और नौकरानी के काम करती थी।...ओफ़...कितना पाजी हूँ मैं भी?...मैं सिर झुकाए चाय पीता रहा और वह मेरा स्वेटर बुनती रही।

मैंने ज़ीने पर चढ़ते में एक धारीदार क़मीज़ से ढंका हुआ कंधा दीवार के बिल्कुल पास देखा, जो फ़ौरन ग़ायब हो गया, 'हैं!' मैं उछल पड़ा, 'यह कमीना झांका करता है?' मेरा ख़ून खौलने लगा। मैंने सफ़िया से कुछ न कहा। वह बावर्चीख़ाने में बैठी अंगीठी पर झुकी हुई कुछ तल रही थी। मैं पलंग पर बैठकर बूट के तसमे खोलने लगा।

न जाने क्यों, मैं जिस वक़्त भी घर में घुसता, मेरी आंखें अनायास उस दीवार की तरफ़ उठ जातीं, जो हमारे पड़ोसियों और हमारे बीच खिंची हुई थी और जिसने एक घर को दो बराबर हिस्सों में बांटकर दो ख़ानदानों के रहने का इंतज़ाम कर दिया था। मुझे ऐसा मालूम होता, जैसे कोई उधर से झांककर हमें देखा करता है। मेरा शक़ यक़ीन को पहुंच गया, जब मैंने धारीदार क़मीज़ वाला कंधा देखने के बाद एक दिन मोटी-मोटी भंवों वाले माथे का कुछ हिस्सा और गुच्छेदार मर्दाना बालों की झलक देखी।...और फिर एक दिन चार मज़बूत भूरी उंगलियां दीवार पर थोड़ी देर जमी रहने के बाद ग़ायब हो

गईं। कोई चीज़ तेज़ी से दीवार के पास से हटी।...मेरा सिर घूमने लगा और फ़ौरन मेरी नज़र सफ़िया पर गई। वह बिल्कुल बेख़बर धूप में फैली हुई साड़ी को अलगनी पर से घसीटकर उतार रही थी। शुक्र है कि उसने उस बदमाश को झांकते न देखा, वरना उसके दिल को बहुत दुःख पहुंचता। मैंने इरादा कर लिया कि आज इन लोगों को ठीक करूंगा। लफ़ंगे कहीं के, बदमाश!

अरे, यह बताना तो भूल ही गया कि आमों वाले बाग़ में बौर झड़ा, आम लगे और पक गए।...इम्तहान एक तूफ़ान की तरह टूट पड़े। कहां का आमों का बाग़ और कैसी अंधेरी रातें! जिधर देखो, दो-चार सिर किताबों पर झोंके ले रहे हैं। फटी हुई बेरौनक़ आंखें, कुचली हुई जमुहाइयां, दबी हुई अंगड़ाइयां...गाढ़ी चाय के बस की भी न थीं। पढ़ने वालों की ज़िंदगी में साल में दो ही तो कठिन वक़्त आते हैं, एक तो इम्तहान से कुछ दिन पहले, रातों की बेदारी और दूसरा इम्तहान का नतीजा निकलने के वक़्त।...ख़ुदा की पनाह! सब संसार को भूलकर मैं भी उसी तूफ़ान में बह गया।

नया सेशन नई सूरतें और नई दिलचस्पियां लेकर आया और फिर वही हम, वही प्रोफ़ेसरों की ग़ैरदिलचस्प आवाज़। वही, जैसा हम चौदह बरस से देखते आए थे, वही सामने काला-काला बोर्ड, मेज़, कुर्सी और प्रोफ़ेसर!

जब मेयर्स रोड के चक्कर लगाते-लगाते टांगें थक गईं, गर्ल्स कॉलेज की हर हवाख़ोरी की शौक़ीन उस्तानी को हर मुमकिन कोण से देखकर उन पर हर क़िस्म और लय के शेर पढ़ चुके तो स्टेशन ही सुकून और दिलचस्पी की जगह रह गई। इसलिए हमेशा की तरह वहां का रुख़ करना पड़ा। वहां से कम पीकर ज़्यादा ज़ाहिर करते हुए, जैसे ही मैं और यूसुफ़ सीढ़ियों के क़रीब पहुंचे, पीछे से किसी ने कहा, "बाबूजी!"

और यक़ीन कीजिए, वह अपनी कुल बसांद और बदबू के साथ

मौजूद थी।

"ई!" उसने गूदड़ की एक पोटली को कुरेदते हुए इशारा किया।...जैसे किसी ने मुझे पीछे से घसीट लिया। "चिर्र...री।" एक बहुत हेय इंसानी कीड़े ने कुलबुलाकर सूखी हुई मुट्ठियां हवा में उछालीं।...वह विजयी मुस्कान के साथ कभी उस केंचुए को और कभी मुझे देखती रही।

"अह हें...ये ठाठ हैं।" यूसुफ़ ने क़हक़हा लगाया।

"बाबूजी!" उसने मुझे फिर पुकारा।

पर हम पैडल मारकर निकले चले गए। मैंने घूमकर देखा, तो वह एक तांगे के पीछे चीख़ती-चिल्लाती भीख के लिए दौड़ रही थी। गूदड़ की पोटली में से दो टांगें, सुर्ख़, सूखी हुई टांगें लटक रही थीं।...मोड़ पर मैं मोटर से टकराते-टकराते बचा। आगे सड़क सुनसान और अंधेरी थी।

जब मैं पलंग पर लेटा तो ऐसा लगा, जैसे कमरे की हर चीज़ घूम। रही है। ओह...। वे दो सुर्ख़ टांगें मेरे सामने बेकसी से झूल रही थीं, सिर्फ़ दो टांगें। दहकते लोहे की दो सलाखों की तरह मेरी आंखों में घुसी जा रही थीं। मैंने बचने की काशिश न की। घुस जाओ कमबख्तो, मेरे दिमाग़ में! ओफ़, कितना अंधेरा था कमरे में!

सुबह एक अजीब दिमाग़ी दुखन ने मुझे निढाल कर दिया था। मैं अपनी कमज़ोरी पर झुंझला उठा, 'उंह, आख़िर मैं ही क्यों इतना भावुक हूं! होने दो... क्या हुआ फिर?...यह सब कमज़ोरी है...कमज़ोरी...यानी इसमें ऐसी बात ही क्या है? कौन-सा अंधेर हो गया?'

'और क्या एक मैं ही हूं?' पर मेरा जी चाहा, कोई उस चुभन को, जो एक सीसे की गोली की तरह मेरे दिमाग़ में, कानों के ज़रा पीछे अड़ी हुई थी, निकाल दे। मुझे फिर गुस्सा आया, अपनी कमज़ोरी पर। मैं कॉलेज से जल्द ही लौट आया। सफ़िया उदास और ख़ामोश बैठी थी। मुझे देख,

जैसे डरकर चौंक पड़ी। मैं बड़ी देर तक उससे प्यार की बातें करता रहा।

"तुम्हारा नाम लिखवा दूंगा स्कूल में।' मैंने कहा।

"वहां मेरी क्लास में छोटी-छोटी लड़कियां होंगी। मुझे शर्म आएगी।" वह परेशान होकर बोली, हालांकि वह हमेशा से पढ़ाई की शौक़ीन थी।

"तो क्या हुआ?" मैं हंसने लगा।

"वे छेड़ेंगी..." उसने घबराकर कहा। न जाने उसका चेहरा हल्दी की तरह पीला क्यों था, कमज़ोर और क्षीण! मेरा जी चाहता था कि किसी तरह तो उसे बहलाऊं। वह कितनी उदास और डरी हुई थी! मैंने दीवार की तरफ़ देखा। शुक्र है कि वहां से अब कोई नहीं झांकता था। मकान दो महीने से ख़ाली हो चुका था। मैं इत्मीनान से कॉलेज चला गया।

ज़ीने पर चढ़ते हुए मुझे किसी की घुटी हुई आह सुनाई पड़ी। मैं ख़ामोश खड़ा हो गया, फिर वही आह, जैसे कोई चीज़ मेरे पैरों के नीचे कुचली जाती थी।...एक और आह...और मैं तेज़ी से ऊपर पहुंच गया। थोड़ी देर बरामदे में खड़ा रहा।

"आह !" सफ़िया के कमरे में से।

मैं जल्दी से चला, "सफ़िया...सफ्फ़ो!" मैंने पुकारा।

वह पलंग पर लेटी क्या, आड़ी पड़ी थी। मुझे आते देखकर उसने जल्दी से रज़ाई ओढ़ ली और गठरी बनकर पड़ गई। तकलीफ़ उसके चेहरे से टपक रही थी। दर्द से उसकी आंखें फट गई थीं और उसने इस तरह मुझे डरकर देखा, जैसे कोई जिन्न या देव हूँ मैं कि उसे खा जाऊंगा। मैं उसके पलंग पर बैठ गया।

क्या हुआ सफ़िया? कहां है दर्द? क्या बुखार है?'' मैंने उसके माथे पर से बाल समेटे।

वह तकलीफ़ की वज़ह से कुछ नहीं बोल सकी, पर वह गहरी-गहरी सांसें

लेने लगी और बल खाकर तकलीफ़ को छिपाती रही।

"उंह, यह रज़ाई तो उतारो!"...कितनी गर्मी हो रही है...ओफ्फ़ोह!" मैंने रज़ाई खींचकर कहा।

और वह रज़ाई को ज़ोर से पकड़कर औंधी हो गई। उसने घुटी हुई आह को और दबाया।...मैं बुरी तरह घबरा गया...या अल्लाह! वह ज़िबह की हुई मुर्ग़ी की तरह अकड़-अकड़कर तड़प रही थी।

मैंने जल्दी से साइकिल उठाई और कॉलेज की तरफ़ उड़ा। डॉक्टर ड्यूटी पर न थे। नफ़ीस कहीं बाहर गए हुए थे।...ओह! मेरे पैर कांपने लगे। सफ़िया की मासूम शक्ल आंखों में फिरने लगी। मैंने देखा भी नहीं, कितने दिन से वह सुस्त और बीमार नज़र आती थी। हद होती है लापरवाही की भी।...मैं अपने को धिक्कारता ज़न्नाटे-से चला।...रमेश भी मौजूद न थे। मिस न्यूज़...लेडी डॉक्टर...मैं तेज़ी से घुसा चला गया। कमबख़्त सिनेमा जा रही थी। मैंने कुछ ऐसा बौराया कि फ़ौरन तैयार हो गई। मैंने पता बताया और चला मोटर के पीछे। मेरा जी चाहता था, पैरों में इंजन लग जाए और किसी तरह मोटर से आगे निकल जाऊं। मालूम होता था, पीछे खिसक रहा हूं, ख़ैर!

वह अंदर गई और मुझे बाहर रोक दिया। चांद की आख़िरी तारीख़ें थीं। सामने एक लालटेन सिसकियां ले रही थी।

"ओह...आप लोग...कितना बेवक़ूफ़ हैं?...जल्दी कीजिए...फ़ौरन जाइए! डलसी को बोलिए, बड़ा बॉक्स लेकर आए।" उसने वापस आकर कहा।

"मिस साहिबा...!" मैंने कहा।

"बस...चलिए-चलिए, जल्दी करिए...जब केस बिगड़ जाता है, तो हमारे पास आता है। आप...और कोई सामान भी नहीं आपके पास...कैसा जंगली होता है हिंदुस्तानी लोग..." मुझे खड़े देखकर वह फिर दहाड़ी, "आपका बेगम साहिबा का जान डेंजर में है और आप... ।"

"मेरी बहन...मिस साहिबा... ।" मैंने झेंपकर कहा। बेहूदा कहीं की। जी चाहा, दूं थप्पड़।

"वह कोई भी है...बच्चा मर चुका है और लड़की बेहोश है।...आप... जल्दी।"

सनन-सनन...जैसे गोलियां चलीं...दूर चमगादड़ ने एक भयानक कहकहा लगाया...और ग़ोता मारकर मेरे ऊपर से निकल गई।...दरवाज़े की चौखट उछलकर मेरे माथे पर लगी...और फिर...अंधेरा!

सआदत हसन मंटो

...अपने जीवन की सबसे बड़ी घटना अपना जन्म मानते थे। वह पंजाब के एक अज्ञात गांव 'समराला' में उत्पन्न हुए। यदि किसी को उनकी जन्मतिथि से दिलचस्पी हो सकती है तो वह उनकी मां थी, जो अब जीवित नहीं है। दूसरी घटना 1931 में हुई, जब पंजाब यूनिवर्सिटी से दसवीं की परीक्षा लगातार तीन साल फ़ेल होने के बाद पास की। तीसरी घटना वह थी जब 1939 में शादी की, लेकिन वह घटना दुर्घटना नहीं थी। क़लम उठाना एक बहुत बड़ी घटना थी, जिससे 'शिष्ट' लेखकों को भी दुःख हुआ और 'शिष्ट' पाठकों को भी।

कुछ साल बम्बई में गुज़ारे और फ़िल्मी कहानियां लिखीं, फिर लाहौर में रहे और केवल साधारण कहानियां लिखीं। दर्ज़नों कहानी-संग्रह प्रकाशित हो चुके हैं।

सन् 1956 में असामयिक निधन।

टोबा टेक सिंह

बंटवारे के दो-तीन साल बाद पाकिस्तान और हिंदुस्तान की सरकारों को ख़याल आया कि साधारण क़ैदियों की तरह पागलों की अदला-बदली भी होनी चाहिए अर्थात् जो मुसलमान पागल हिंदुस्तान के पागलख़ानों में हैं, उन्हें पाकिस्तान पहुंचा दिया जाए और जो हिंदू और सिख पाकिस्तान के पागलख़ानों में हैं, उन्हें हिंदुस्तान के हवाले कर दिया जाए।

मालूम नहीं यह बात उचित थी या अनुचित। कुछ भी सही, समझदारों के फ़ैसले के अनुसार ऊंचे स्तर पर कांफ्रेंसें हुईं और अंत में एक दिन पागलों की अदला-बदली के लिए निश्चित हो गया। अच्छी तरह छानबीन की गई। वे मुसलमान पागल जिनके संरक्षक हिंदुस्तान में थे, वहीं रहने दिए गए और जो शेष थे, उनको सीमा की ओर रवाना कर दिया गया। यहां पाकिस्तान से, क्योंकि क़रीब-क़रीब सब हिंदू-सिख जा चुके थे, इसलिए किसी को रहने-रखाने का सवाल पैदा न हुआ। जितने हिंदू-सिख पागल थे सबके सब पुलिस के प्रबंध में सीमा पर पहुंचा दिए गए। उधर की ख़बर नहीं, लेकिन इधर लाहौर के पागलख़ाने में इस तबादले की ख़बर पहुंची, तो बड़ी मज़ेदार बातें

होने लगीं। एक मुसलमान पागल जो बारह साल से प्रतिदिन नियमपूर्वक 'ज़मींदार' पढ़ता था, उससे जब उसके एक दोस्त ने पूछा, "मौलवी साहब, यह पाकिस्तान क्या होता है?"

तो उसने बड़े ध्यान और चिंता के-से भाव में कुछ सोचकर जवाब दिया, "हिंदुस्तान में एक ऐसी जगह है, जहां उस्तरे बनते हैं।"

यह जवाब सुनकर उसका मित्र चुप हो गया।

इसी तरह एक सिख पागल ने दूसरे सिख पागल से पूछा, "सरदारजी हमें हिंदस्तान क्यों भेजा जा रहा है? हमें तो वहां की बोली नहीं आती?"

दूसरा मुस्कुराया, "मुझे तो हिंदुस्तान की बोली आती है, हिंदुस्तानी बड़े शैतान अकड़े-अकड़े फिरते हैं..."

एक दिन नहाते-नहाते एक मुसलमान पागल ने 'पाकिस्तान ज़िंदाबाद' का नारा इतने ज़ोर से लगाया कि फ़र्श पर फिसलकर गिर पड़ा और बेहोश हो गया। कुछ पागल ऐसे भी थे, जो पागल नहीं थे। इनमें प्रायः ऐसे ख़ूनियों की संख्या अधिक थी, जिनके सम्बंधियों ने अफ़सरों को रिश्वत दे-दिलाकर उन्हें पागलख़ाने में भिजवा दिया था, ताकि वे फांसी के फ़ंदे से बच जाएं।

वे कुछ-कुछ समझते थे कि हिंदुस्तान का बंटवारा क्यों हुआ है और यह पाकिस्तान क्या है, लेकिन सभी घटनाओं का उन्हें भी कुछ पता न था। अख़बारों से कुछ पता नहीं चलता था और पहरेदार सिपाही अनपढ़-उजड्ड थे। उनकी बातचीत से भी वे कोई अर्थ नहीं निकाल सकते थे। उनको केवल इतना पता था कि एक आदमी मुहम्मद अली जिन्ना है, जिसको क़ायदे-आज़म कहते हैं। उसने मुसलमानों के लिए एक अलग देश बनाया है, जिसका नाम पाकिस्तान है। यह कहां है? इसका उद्देश्य, उपयोगिता क्या है, इसके सम्बंध में वे कुछ नहीं जानते थे। यही कारण था कि पागलख़ाने में वे सब पागल, जिनका दिमाग़ पूरी तरह से ख़राब नहीं था, इस चिंता में थे

कि वे पाकिस्तान में थे या हिंदुस्तान में। यदि हिंदुस्तान में हैं, तो पाकिस्तान कहां है और यदि वे पाकिस्तान में हैं, तो यह कैसे हो सकता है कि वे कुछ समय पहले यहीं रहते हुए भी हिंदुस्तान में थे। एक पागल तो पाकिस्तान और हिंदुस्तान, और हिंदुस्तान और पाकिस्तान के चक्कर में ऐसा पड़ा कि वह और ज़्यादा पागल हो गया। झाड़ू देते-देते एक दिन एक पेड़ पर चढ़ गया और एक डाली पर बैठकर दो घंटे तक लगातार भाषण देता रहा, जो पाकिस्तान और हिंदुस्तान के नाज़ुक मसले पर था। सिपाहियों ने उसे नीचे उतरने को कहा, तो वह और ऊपर चढ़ गया। डराया-धमकाया गया तो उसने कहा, "मैं न हिंदुस्तान में रहना चाहता हूं, न पाकिस्तान में, मैं इस पेड़ पर ही रहूंगा।"

बड़ी मुश्किल के बाद जब उसका ज्वार ठंडा हो गया, तो वह नीचे उतरा और अपने हिंदू-सिख मित्रों से गले मिलकर रोने लगा। इस विचार से उसका दिल भर आता था कि वे उसे छोड़कर हिंदुस्तान चले जाएंगे।

एक एम.एस-सी. पास रेडियो इंजीनियर, जो मुसलमान था और दूसरे पागलों से बिल्कुल अलग-थलग बाग़ की एक विशेष पगडंडी पर दिन-भर चुपचाप टहलता था, उसमें यह परिवर्तन आया कि अपने तमाम कपड़े उतारकर दफ़ेदार के हवाले कर दिए और नंग-धड़ंग सारे बाग़ में घूमना शुरू कर दिया।

चनयूट के एक मुसलमान पागल ने, जो मुस्लिम लीग का सक्रिय कार्यकर्ता रह चुका था और जो दिन में पंद्रह-सोलह बार नहाया करता था, एकाएक वह आदत छोड़ दी। उसका नाम मुहम्मद अली था, इसलिए एक दिन उसने अपने जंगले में घोषणा कर दी कि वह क़ायदे-आज़म मुहम्मद अली जिन्ना है। उसकी देखा-देखी एक सिख पागल मास्टर तारा सिंह बन गया। पास होने से ख़ून-ख़राबा हो जाने का डर था, इसलिए उन्हें ख़तरनाक पागल क़रार देकर अलग-अलग बंद कर दिया गया।

लाहौर का एक नौजवान हिंदू वकील था, जो प्रेम में असफल होकर पागल हो गया था। जब उसने सुना कि अमृतसर हिंदुस्तान में चला गया है, तो उसे बहुत दुःख हुआ। उसी शहर की एक हिंदू की लड़की से उसका प्रेम हो गया था। यद्यपि उसने उस वकील को ठुकरा दिया था, किंतु पागलपन की हालत में भी वह उसे नहीं भुला सकता था, इसलिए वह उन सब हिंदू और मुस्लिम लीडरों को गालियां देता था, जिन्होंने मिल-मिलाकर हिंदुस्तान के दो टुकड़े कर दिए थे। उसकी प्रेमिका हिंदुस्तानी बन गई थी और वह पाकिस्तानी।

जब अदला-बदली की बात शुरू हुई, तो वकील को पागलों ने समझाया कि वह दुःखी न हो, उसको हिंदुस्तान भेज दिया जाएगा, उस हिंदुस्तान में जहां उसकी प्रेमिका रहती है। किंतु वह लाहौर छोड़ना नहीं चाहता था, इसलिए कि उसका विचार था कि अमृतसर में उसकी प्रैक्टिस नहीं चलेगी। यूरोपियन वार्ड में दो ऐंग्लो इंडियन पागल थे। उनको जब मालूम हुआ कि हिंदुस्तान को आज़ाद करके अंग्रेज़ चले गए हैं, तो उनको बड़ा दुःख हुआ। छिप-छिपकर घंटों आपस में इस गम्भीर समस्या पर बातचीत करते रहते कि पागलख़ाने में अब उनकी हैसियत किस तरह की होगी, यूरोपियन वार्ड रहेगा या उड़ा दिया जाएगा? ब्रेकफ़ास्ट मिला करेगा या नहीं? क्या उन्हें डबल रोटी के बजाय तंदूरी रोटी तो न खानी पड़ेगी?

एक सिख था, जिसको पागलख़ाने में दाख़िल हुए पंद्रह साल हो चुके थे। हर समय उसके मुंह से विचित्र शब्द सुनने में आते थे : ''ओ पड़ दी गिड़-गिड़ दी ऐंक्स दी बे ध्याना दी, मंग दी दाल ऑफ़ दी लालटेन।'' वह दिन को सोता था, न रात को। पहरेदारों का यह कहना था कि पंद्रह वर्ष के इस लम्बे समय में वह एक क्षण के लिए भी न सोया था। लेटता भी नहीं था। हां, कभी-कभी किसी दीवार के साथ टेक लगा लेता था। हर समय खड़े रहने से उसके पांव सूज गए थे। पिंडलियां भी फूल गई थीं किंतु उस ख़तरनाक तकलीफ़ के होने पर भी वह लेटकर आराम

नहीं करता था। हिंदुस्तान-पाकिस्तान और पागलों की अदला-बदली के सम्बंध में जब कभी पागलख़ाने में बातचीत होती थी तो वह ध्यान से सुनता था। कोई उससे पूछता कि उसका क्या ख़याल है तो वह बड़ी गम्भीरता से जवाब देता, "ओ पड़ दी गिड़गिड़ दी, ऐंक्स दी बे ध्याना दी, मंग दी दाल ऑफ़ दी पाकिस्तान गवर्नमेंट।"

किंतु बाद में 'ऑफ़ दी पाकिस्तान गवर्नमेंट' की जगह 'ऑफ़ दी टोबा टेक सिंह' ने ले ली और उसने दूसरे पागलों से पूछना शुरू किया कि टोबा टेक सिंह कहां है, जहां का वह रहने वाला है? लेकिन किसी को भी मालूम नहीं था कि वह पाकिस्तान में है, या हिंदुस्तान में। जो बताने की कोशिश करते थे। ख़ुद इस चक्कर में फंस जाते थे कि स्यालकोट पहले हिंदुस्तान में होता था, पर अब सुना है कि पाकिस्तान में है। क्या पता है कि लाहौर, जो अब पाकिस्तान में है, कल हिंदुस्तान में चला जाएगा, या सारा हिंदुस्तान ही पाकिस्तान बन जाए और यह भी कौन सीने पर हाथ रखकर कह सकता था कि हिंदुस्तान और पाकिस्तान दोनों किसी दिन सिरे से ग़ायब ही न हो जाएं।

इस सिख़ पागल के केश झड़ते रहने पर अब बहुत थोड़े ही रह गए थे, क्योंकि वह बहुत कम नहाता था, इसलिए दाढ़ी और सिर के बाल आपस में जम गए थे, जिसके कारण उसकी शक्ल बड़ी भयानक हो गई थी लेकिन वह आदमी सीधा था। पंद्रह वर्षों में उसने किसी से झगड़ा-फ़िसाद नहीं किया था। पागलख़ाने के जो पुराने नौकर थे, वे उसके बारे में इतना जानते थे कि टोबा टेक सिंह में उसकी कई ज़मीनें थीं। अच्छा खाता-पीता ज़मींदार था कि अचानक ही दिमाग उलट गया। उसके सम्बंधी लोहे की मोटी-मोटी ज़ंजीरों से उसे बांधकर लाए और पागलख़ाने में दाख़िल करा गए।

महीने में एक बार मुलाक़ात को ये लोग आते थे और उसकी राजी-ख़ुशी मालूम करके चले जाते थे। बहुत समय तक यह क्रम चलता रहा, किंतु जब पाकिस्तान-हिंदुस्तान की गड़बड़ शुरू हो गई, तो उनका आना बंद हो गया।

उसका नाम शबनम सिंह था किंतु सब उसे टोबा टेक सिंह कहते थे। उसे यह बिल्कुल मालूम न था कि दिन कौन-सा है, महीना कौन-सा है, या कितने साल बीत चुके हैं, लेकिन हर महीने जब उसके स्वजन उससे मिलने आते, तो उसे अपने-आप पता चल जाता था, इसलिए वह दफ़ेदार से कहता कि उसकी मुलाक़ात आ रही है। उस दिन वह अच्छी तरह नहाता, बदन पर ख़ूब साबुन लगाता और सिर में तेल लगाकर कंघी करता। अपने कपड़े, जो वह कभी इस्तेमाल नहीं करता था, निकलवा के पहनता और सजबजकर मिलने वालों के पास जाता। वे उससे कुछ पूछते, तो वह चुप रहता या कभी-कभी 'ओ पड़ दी गिड़-गिड़ दी ऐंक्स दी बे ध्याना दी, मंग दी दाल ऑफ़ दी लालटेन!' कह देता।

उसकी एक लड़की थी, जो हर महीने एक अंगुल बढ़ती-बढ़ती पंद्रह वर्ष में जवान हो गई थी। शबनम सिंह उसे पहचानता ही न था। जब वह बच्ची थी तब भी अपने बाप को देखकर रोती थी। जब जवान हुई तब भी आंखों से आंसू बहते थे।

पाकिस्तान और हिंदुस्तान का क़िस्सा शुरू हुआ तो उसने दूसरे पागलों से पूछना शुरू किया कि टोबा टेक सिंह कहां है? जब 'संतोषजनक उत्तर न मिला, तो उसकी चिंता दिन-ब-दिन बढ़ती गई। अब मुलाक़ात भी नहीं होती थी। पहले तो उसे अपने-आप पता चल जाता था कि मिलने वाले आ रहे हैं, पर अब जैसे उसके दिल की आवाज़ भी बंद हो गई थी, जो उसे उनके आने की ख़बर दे दिया करती थी।

उसकी बड़ी इच्छा थी कि वे लोग आएं, जो उसके प्रति प्रेम प्रदर्शित करते थे और उसके लिए फल-मिठाइयां और कपड़े लाते थे। वह यदि उनसे पूछता कि टोबा टेक सिंह कहां है तो वे सचमुच बता देते कि पाकिस्तान में है या हिंदुस्तान में, क्योंकि उसका विचार था कि वे टोबा टेक सिंह से ही आते थे, जहां उसकी ज़मीनें हैं।

पागलख़ाने में एक पागल ऐसा भी था, जो अपने को ख़ुदा कहता था। उससे एक दिन जब शबनम सिंह ने पूछा कि टोबा टेक सिंह पाकिस्तान में है या हिंदुस्तान में, तो उसने अपनी आदत के मुताबिक़ एक क़हक़हा लगाया और कहा, "वह न पाकिस्तान में है और न हिंदुस्तान में, इसलिए कि हमने अभी तक हुक्म नहीं दिया।"

शबनम सिंह ने उस ख़ुदा से कई बार मिन्नत-ख़ुशामद से कहा कि वह हुक्म दे दे, ताकि झंझट ख़त्म हो, किंतु वह बहुत व्यस्त था, क्योंकि उसे और भी कितने ही हुक्म देने थे। एक दिन तंग आकर वह उस पर बरस पड़ा, "ओ पड़ दी गिड़-गिड़ दी ऐंक्स दी बे ध्याना दी, मंग दी दाल ऑफ़ वाहे गुरु दी खालसा एंड वाहे गुरुजी दी फतह, जो बोले सो निहाल सत श्री अकाल!"

उसका शायद यह मतलब था कि तुम मुसलमानों के ख़ुदा हो, सिखों के ख़ुदा होते तो ज़रूर मेरी सुनते।

अदला-बदली से कुछ दिन पहले टोबा टेक सिंह से एक मुसलमान, जो उसका दोस्त था, मिलने के लिए आया। पहले वह कभी नहीं आया था। जब शबनम सिंह ने उसे देखा, तो एक तरफ़ हट गया और वापस जाने लगा, किंतु सिपाहियों ने उसे रोका, "यह तुमसे मिलने आया है, तुम्हारा दोस्त फ़ज़लुद्दीन है।"

शबनम सिंह ने फ़ज़लुद्दीन को एक नज़र देखा और कुछ बड़बड़ाने लगा। फ़ज़लुद्दीन ने आगे बढ़कर उसके कंधे पर हाथ रख दिया, "मैं बहुत दिनों से सोच रहा था कि तुम्हारे दर्शन करूं, लेकिन फ़ुरसत ही न मिली। तुम्हारे सब आदमी राज़ी-ख़ुशी हिंदुस्तान पहुंच गए थे। मुझसे जितनी मदद हो सकती थी की, लेकिन तुम्हारी बेटी रूप कौर..."

वह कहते-कहते रुक गया। शबनम सिंह कुछ याद करने लगा, "बेटी रूप कौर।"

फ़ज़लुद्दीन ने कुछ रुक-रुककर कहा, "हां...वह...भी ठीक-ठाक है... उनके साथ ही चली गई थी।"

शबनम सिंह चुप रहा। फ़ज़लुद्दीन ने कहना शुरू किया, "उन्होंने मुझसे कहा था कि तुम्हारी राज़ी-ख़ुशी पूछता रहूं। अब मैंने सुना है कि तुम हिंदुस्तान जा रहे हो। भाई बलवीर सिंह और भाई बधवा सिंह से मेरा सलाम कहना और बहन अमृत कौर से भी। भाई बलबीर से कहना, फ़ज़लुद्दीन राज़ी-ख़ुशी है। दो भूरी भैंसें जो वे छोड़ गए थे, उनमें से एक ने कट्टा दिया है, दूसरी के कट्टी हुई थी, पर वह चौदह दिन की होकर मर गई और मेरे...लायक़ जो सेवा हो, कहना। मैं हर समय तैयार हूं।...और यह तुम्हारे लिए थोड़े-से मरूंडे लाया हूं।"

शबनम सिंह ने मरूंडे की पोटली लेकर पास खड़े सिपाही के हवाले कर दी और फ़ज़लुद्दीन से पूछा, "टोबा टेक सिंह कहां है?" फ़ज़लुद्दीन ने आश्चर्य से कहा, "कहां है? वहीं है, जहां था।"

शबनम सिंह ने फिर पूछा, "पाकिस्तान में या हिंदुस्तान में?"

"हिंदुस्तान में...नहीं-नहीं पाकिस्तान में।" फ़ज़लुद्दीन बौखला-सा गया।

शबनम सिंह बड़बड़ाता हुआ चला गया, "ओ पड़ दी गिड़-गिड़ दी ऐंक्स दी बे ध्याना दी, मंग दी दाल ऑफ़ दी पाकिस्तान एंड हिंदुस्तान ऑफ़ दी दुर फिटे मुंह!"

अदला-बदली की तैयारियां पूरी हो चुकी थीं। इधर से उधर और उधर से इधर आने वाले पागलों की सूचियां पहुंच गई थीं और अदला-बदली की तारीख़ निश्चित हो चुकी थी। कड़ाके का जाड़ा पड़ रहा था, जब लाहौर के पागलख़ाने से हिंदू-सिख पागलों से भरी लारियां पुलिस के संरक्षक दस्ते के साथ रवाना हुईं। उनसे सम्बंधित अफ़सर भी उनके साथ थे। कार्य संचालन के सुपरिंटेंडेंट एक-दूसरे से मिले और अदला-बदली की कार्रवाई ख़त्म होने के बाद अदल-बदल शुरू हो गई, जो रात-भर चलती रही।

पागलों को लारियों से निकालना और उनको दूसरे अफ़सरों के हवाले करना बड़ा कठिन काम था। कुछ तो बाहर निकलते ही न थे, जो निकलने को तैयार होते उनको संभालना मुश्किल होता, क्योंकि इधर-उधर भाग उठते थे। जो नंगे थे उनको कपड़े पहनाए जाते, तो वे फाड़कर अपने शरीर से अलग कर देते। कोई गालियां बक रहा है, तो कोई गा रहा है। आपस में लड़-झगड़ रहे हैं और रो रहे हैं, बिलख रहे हैं। कान पड़ी आवाज़ सुनाई नहीं देती थी। पागल स्त्रियों का शोरगुल अलग था, और सर्दी इतने कड़ाके की थी कि दांत-से-दांत बज रहे थे।

अधिकतर पागल इस अदला-बदली को नहीं चाहते थे, क्योंकि उनकी समझ में नहीं आता था कि उन्हें अपनी जगह से उखाड़कर कहां फेंका जा रहा है। थोड़े-से वे जो सोच-समझ सकते थे 'पाकिस्तान ज़िंदाबाद' और 'पाकिस्तान मुर्दाबाद' के नारे लगा रहे थे। दो-तीन बार झगड़ा होते-होते बचा, क्योंकि किसी-किसी मुसलमान और सिख को यह नारे सुनकर तैश आ गया था।

जब शबनम सिंह की बारी आई और जब उसे दूसरी ओर भेजने के सम्बन्ध में अधिकारी लिखत-पढ़त करने लगे तो उसने पूछा, "टोबा टेक सिंह कहां है? पाकिस्तान में या हिंदुस्तान में?" यह सुनकर अधिकारी हंसा और बोला, "पाकिस्तान में।"

यह सुनकर शबनम सिंह उछलकर एक तरफ़ हटा और दौड़कर अपने पिछले साथियों के पास पहुंच गया। पाकिस्तानी सिपाहियों ने उसे पकड़ लिया और दूसरी तरफ़ ले जाने लगे, किंतु उसने चलने से इनकार कर दिया, "टोबा टेक सिंह कहां है और ज़ोर-ज़ोर से चिल्लाने लगा, "ओ पड़ दी गिड़-गिड़ दी ऐंक्स दी बे ध्याना दी, मंग दी दाल ऑफ़ टोबा टेक सिंह एंड पाकिस्तान!''

उसे बहुत समझाया गया, "देखो, टोबा टेक सिंह अब हिंदुस्तान में चला

गया है, यदि नहीं गया है, तो उसे तुरंत ही वहां भेज दिया जाएगा", किंतु वह न माना। जब ज़बरदस्ती दूसरी ओर उसे ले जाने की कोशिशें की गईं तो वह बीच में एक स्थान पर इस प्रकार अपनी सूजी हुई टांगों पर खड़ा हो गया, जैसे अब कोई ताक़त उसे वहां से नहीं हिला सकेगी क्योंकि वह एक बहुत कमज़ोर आदमी था, इसलिए उसके साथ जबरदस्ती नहीं की गई, उसको वहीं खड़ा रहने दिया गया। और अदला-बदली का शेष काम होता रहा।

सूरज निकलने से पहले उस स्थान पर अकड़कर खड़े हुए शबनम सिंह के मुंह से एक भयानक चीख़ निकली। इधर-उधर से कई अफ़सर वहां दौड़े आए और देखा कि वह आदमी जो पंद्रह वर्ष तक दिन-रात अपनी टांगों पर खड़ा रहा था, औंधे मुंह पड़ा हुआ है। उसकी टांगों के पीछे हिंदुस्तान के पागलों का दायरा था और उसके सिर की ओर पाकिस्तान के पागलों का दायरा था, बीच भूमि में, जिसका कोई नाम न था, टोबा टेक सिंह पड़ा था।

ख़्वाजा अहमद अब्बास

जन्म : पानीपत 1914।

शिक्षा : हाली मुस्लिम हाई स्कूल, पानीपत और मुस्लिम यूनिवर्सिटी, अलीगढ़।

पत्रकारी : 'बॉम्बे क्रॉनिकल' (1935 से 1945 तक)। उस समय के बाद फ़्री-लांसिंग।

पुस्तकें : लगभग एक दर्ज़न, उर्दू और अंग्रेज़ी में।

सफ़र : दुनिया का सफ़र, 1938।

सिद्धांत : समाजवादी (लेकिन नॉन-पार्टी)।

अब्बास संसार को उसके वास्तविक रूप में देखना और दिखाना पसंद करते हैं। अपने कथा-साहित्य के सम्बंध में 1942 में अपने कहानी-संग्रह *एक लड़की* की *भूमिका* में स्वयं लिखा था : ''ऐसे हाड़-मांस के चलते-फिरते मनुष्य, जो अच्छाइयों और बुराइयों का संग्रह होते हैं, मनुष्य, जो बावजूद 'पाप' करने के भी मानवता से अनभिज्ञ नहीं होते, मनुष्य, जो इश्क़ और मुहब्बत ही के लिए जीवित नहीं रहते बल्कि खाते भी हैं, कमाते

भी हैं, गाते भी हैं, देश पर जान भी देते हैं और देश से विश्वासघात भी करते हैं, जो गिरते भी हैं, संभलते भी हैं और गिरतों को संभाला भी देते हैं, यदि ऐसे मनुष्य मेरी कहानियों में नज़र आ जाएं तो मैं समझूंगा कि मेरे परिश्रम का फल मुझे मिल गया।"

अबाबील

उसका नाम तो रहीम ख़ां था, लेकिन उस जैसा ज़ालिम शायद ही कोई हो। गांव-भर उसके नाम से कांपता था। न आदमी पर दया करे, न जानवर पर। एक दिन रामू लुहार के बच्चे ने उसके बैल की पूंछ में कांटे बांध दिए थे तो रहीम ख़ां ने बच्चे को मारते-मारते अधमरा कर दिया। अगले दिन इलाके के सरकारी अफ़सर की घोड़ी उसके खेत में घुस आई तो लाठी लेकर घोड़ी को इतना मारा कि वह लहूलुहान हो गई। लोग कहते थे कि कमबख़्त को ख़ुदा का ख़ौफ़ भी तो नहीं है। मासूम बच्चों और बेज़बान जानवरों तक को माफ़ नहीं करता। यह ज़रूर नरक की आग में जलेगा। लेकिन सब उसकी पीठ-पीछे कहा जाता था। सामने एक शब्द कहने का किसी में साहस न था। एक दिन बिंदू की जो शामत आई, तो कह दिया, "अरे भई रहीम ख़ां, तू क्यों बच्चों को मारता है?" बस, उस बेचारे की वह दुर्गत बनाई कि उस दिन से लोगों ने उससे बात करना भी छोड़ दिया कि न मालूम किस बात पर बिगड़ पड़े। कुछेक का ख़याल था कि उसका दिमाग़ ख़राब हो गया है। उसे पागलख़ाने भेज देना चाहिए। कोई कहता था, अबकी बार किसी को मारे, तो थाने में रपट लिखवा दो,

लेकिन किसकी मजाल थी कि उसके ख़िलाफ़ थाने में गवाही देकर उससे दुश्मनी मोल लेता!

गांव-भर ने उससे बात करनी छोड़ दी लेकिन उस पर कुछ असर न हुआ। सुबह-सवेरे वह हल कंधे पर रखे अपने खेत की ओर जाता दिखाई देता। रास्ते में किसी से न बोलता, लेकिन खेत में जाकर बैलों से आदमियों की तरह बातें करता। उसने दोनों के नाम रख छोड़े थेः नत्थू और छिद्दू। हल चलाते हुए बोलता जाता, "क्यों बे नत्थू! तू सीधा नहीं चलता, यह खेत आज तेरा बाप पूरा करेगा? और अबे छिद्दू! तेरी भी शामत आई है क्या?" और फिर सचमुच उन बेचारों की शामत आ जाती, सूत की रस्सी की मार! दोनों बैलों की कमर पर घाव पड़ गए थे।

शाम को घर आता तो वहां अपने बीवी-बच्चों पर क्रोध उतारता। दाल या साग में नमक कम या ज़्यादा हुआ तो बीवी को उधेड़ डाला। कोई बच्चा शरारत कर रहा है, उसे उल्टा लटकाकर बैलों वाली रस्सी से पीटते-पीटते बेहोश कर दिया। अर्थात् प्रतिदिन एक संकट आया रहता। आस-पास के झोंपड़ों वाले रोज़ रात को रहीम ख़ां की गालियों की तथा उसकी बीवी और बच्चों के मार खाने और रोने की आवाज़ सुनते, लेकिन बेचारे क्या कर सकते थे! अगर कोई रोकने जाए तो वह भी मार खाए। मार खाते-खाते बेचारी स्त्री तो अधमरी हो गई थी। चालीस वर्ष की आयु में साठ की मालूम होती थी। बच्चे जब छोटे-छोटे थे तो पिटते रहे। बड़ा जब बारह वर्ष का हुआ, तो एक दिन मार खाके जो भागा, आज तक वापस न लौटा। पास के गांव में एक नाते का चचा रहता था, उसने अपने पास रख लिया। स्त्री ने एक दिन डरते-डरते कहा, "हलासपुर की तरफ़ जाओ ज़रा तो नूरू को लेते आना।'' बस, फिर क्या था, आग-बबूला हो गया, "मैं उस बदमाश को लेने जाऊं? अब वह ख़ुद भी आया तो टांगें चीरके फेंक दूंगा।"

वह बदमाश भला क्यों मौत के मुंह में वापस आता। दो साल बाद छोटा लड़का बिंदू भी भाग गया और भाई के पास रहने लगा। रहीम ख़ां को अपना क्रोध उतारने के लिए बस एक स्त्री रह गई थी, सो वह बेचारी इतनी पिट चुकी थी कि अब अभ्यस्त हो चुकी थी। लेकिन एक दिन रहीम ख़ां ने उसे इतना मारा कि उससे भी न रहा गया और अवसर पाकर, जब रहीम ख़ां खेत पर गया हुआ था, वह अपने भाई को बुलाकर उसके साथ अपनी मां के घर चली गई और पड़ोसिन से कह गई कि आएं तो कह देना कि मैं कुछ दिनों के लिए अपनी मां के पास रामनगर जा रही हूं।

शाम को रहीम ख़ां बैलों को लिए वापस आया तो पड़ोसिन ने डरते-डरते बताया कि उसकी स्त्री कुछ दिनों के लिए अपनी मां के पास गई है। रहीम ख़ां ने परम्परा के विपरीत चुपचाप यह बात सुनी और बैल बांधने चला गया। उसे विश्वास था कि उसकी पत्नी अब कभी वापस न आएगी।

अहाते में बैल बांधकर जब वह झोंपड़े के भीतर गया तो एक बिल्ली म्याऊं-म्याऊं कर रही थी। कोई और नज़र न आया तो उसी को पूंछ से पकड़कर दरवाज़े से बाहर फेंक दिया। चूल्हे को जाकर देखा तो ठंडा पड़ा था। आग जलाकर रोटी कौन डालता! बिना कुछ खाए-पीए ही पड़कर सो रहा।

अगले दिन रहीम ख़ां जब सोकर उठा तो दिन चढ़ चुका था, लेकिन आज उसे खेत पर जाने की जल्दी न थी। बकरियों का दूध दोहकर पिया और हुक़्क़ा भरकर पलंग पर बैठ गया। अब झोंपड़े में धूप भर आई थी। एक कोने में देखा तो जाले लगे हुए थे। सोचा कि लाओ सफ़ाई ही कर डालूं। एक बांस में कपड़ा बांधकर जाले उतार रहा था कि खपरैल में अबाबीलों का एक घोंसला नज़र आया। दो अबाबीलें कभी अंदर जाती थीं, कभी बाहर आती थीं। पहले उसने इरादा किया कि बांस से घोंसला तोड़ डाले, फिर न जाने क्योंकर एक घिड़ौंची लाकर उस पर चढ़ा और घोंसले में झांककर देखा।

भीतर दो लाल बोटी-से बच्चे पड़े चूं-चं कर रहे थे और उनके माता-पिता अपनी संतान की रक्षा के लिए उसके सिर पर मंडरा रहे थे। घोंसले की ओर उसने हाथ बढ़ाया ही था कि एक अबाबील ने, जो शायद मां थी, अपनी चोंच से उस पर आक्रमण कर दिया।

"अरी, आंख फोड़ेगी?" उसने अपना भयानक क़हक़हा लगाकर कहा और घिड़ौंची पर से उतर आया। अबाबीलों का घोंसला सलामत रहा।

अगले दिन से उसने फिर खेत पर जाना शुरू कर दिया। गांव वालों में अब कोई उससे बात न करता था। दिन-भर हल चलाता, पानी देता या खेती काटता, लेकिन शाम को सूरज छुपने से कुछ पहले ही घर लौट आता, और हुक़्क़ा भरकर, पलंग के पास लेटकर, अबाबीलों के घोंसले की ओर निहारता रहता। अब दोनों बच्चे भी उड़ने के योग्य हो गए थे। उसने उन दोनों के नाम अपने बच्चों के नाम पर नूरू और बिंदू रख दिए थे। अब संसार में उसके मित्र ये चार अबाबील ही रह गए थे, लेकिन लोगों को आश्चर्य था कि बहुत दिनों से किसी ने उसे अपने बैलों को पीटते नहीं देखा था। नत्थू और छिद्दू प्रसन्न थे। उनकी पीठों पर से घाव के निशान भी लगभग गायब हो गए थे।

रहीम ख़ां एक दिन खेत से ज़रा सवेरे चला आ रहा था कि कुछ लड़के सड़क पर कबड्डी खेलते हुए मिले। उसको देखना था कि सब अपने जूते छोड़-छाड़कर भाग गए। वह कहता ही रहा, "अरे, मैं कोई मारता थोड़े ही हूं।" आकाश पर बादल छाए हुए थे। वह जल्दी-जल्दी बैलों को हांकता हुआ घर आया। उन्हें बांधा ही था कि बादल ज़ोर से गरजा और वर्षा होने लगी।

भीतर आकर किवाड़ बंद किए और दिया जलाकर उजाला किया। नियमानुसार बासी रोटी के टुकड़े करके उन्हें अबाबीलों के घोंसले के पास

एक ताक़चे में डाल दिया, "अरे ओ बिंदू! अरे ओ नूरू!" उसने पुकारा, लेकिन वे बाहर न निकले। घोंसलों में जो झांका तो चारों अपने परों में सिर दिए सहमे बैठे थे। ठीक जिस स्थान पर छत में घोंसला था वहां एक छिद्र था और उसमें से वर्षा का पानी टपक रहा था। यदि कुछ देर यह पानी इसी तरह आता रहा तो घोंसला तबाह हो जाएगा और बेचारी अबाबीलें बेघर हो जाएंगी। यह सोचकर उसने किवाड़ खोले और मूसलाधार वर्षा में सीढ़ी लगाकर छत पर चढ़ गया। जब मिट्टी डालकर छिद्र को बंद करके वह नीचे उतरा तो वह पानी से बेतरह भीग चुका था। पलंग पर जाकर बैठा, तो कई छींकें आईं, लेकिन उसने परवाह न की और गीले कपड़ों को निचोड़, चादर ओढ़कर सो गया। अगले दिन सुबह जो उठा तो पूरे बदन में दर्द और सख़्त बुख़ार था। कौन हाल पूछता और कौन दवा लाता? दो दिन उसी हालत में पड़ा रहा।

जब दो दिन उसे खेत पर जाते हुए न देखा तो गांव वालों को परेशानी हुई। कालू ज़मींदार और कई किसान शाम को उसे उसके झोंपड़े में देखने आए। झांककर देखा, वह पलंग पर पड़ा आप ही आप बातें कर रहा था, "अरे, बिंदू, अरे नूरू, कहां मर गए! आज तुम्हें कौन खाना देगा?" कुछ अबाबीले कमरे में फड़फड़ा रही थीं।

"बेचारा पागल हो गया है !" कालू ज़मींदार ने सिर हिलाकर कहा, "सुबह अस्पताल वालों को ख़बर दे देंगे कि इसे पागलख़ाने भिजवा दें।"

दूसरे दिन सुबह जब उसके पड़ोसी अस्पताल वालों को लेकर आए और उसके झोंपड़े का दरवाज़ा खोला तो वह मर चुका था। उसके पांव के निकट चार अबाबीलें सिर झुकाए ख़ामोश बैठी थीं।